太阳系内外的行星

I PIANETI: NEL SISTEMA SOLARE E OLTRE

[意] 詹卢卡·兰齐尼 ——主编

[意] 达维德·塞纳德利 ——著

赵亚楠 杨姝睿 张競丹 ——译

南方传媒 | 广东人民出版社

·广州·

图书在版编目（CIP）数据

太阳系内外的行星 /（意）达维德·塞纳德利著；赵亚楠，杨姝睿，张競丹译. —广州：广东人民出版社，2023.7

ISBN 978-7-218-16505-9

Ⅰ.①太… Ⅱ.①达… ②赵… ③杨… ④张… Ⅲ.①行星—儿童读物 Ⅳ.①P185-49

中国国家版本馆CIP数据核字（2023）第056999号

TAIYANGXI NEIWAI DE XINGXING
太阳系内外的行星

[意] 达维德·塞纳德利 著 赵亚楠 杨姝睿 张競丹 译　　版权所有　翻印必究

出 版 人：肖风华

责任编辑：王庆芳　方楚君　杨言妮
责任技编：吴彦斌　周星奎
特约编审：单蕾蕾

出版发行：广东人民出版社
地　　址：广州市越秀区大沙头四马路10号（邮政编码：510199）
电　　话：（020）85716809（总编室）
传　　真：（020）83289585
网　　址：http://www.gdpph.com
印　　刷：北京尚唐印刷包装有限公司
开　　本：889毫米×1194毫米　1/16
印　　张：10　　字　　数：224千
版　　次：2023年7月第1版
印　　次：2023年7月第1次印刷
定　　价：86.00元

如发现印装质量问题，影响阅读，请与出版社（020-87712513）联系调换。
售书热线：（020）87717307

目录

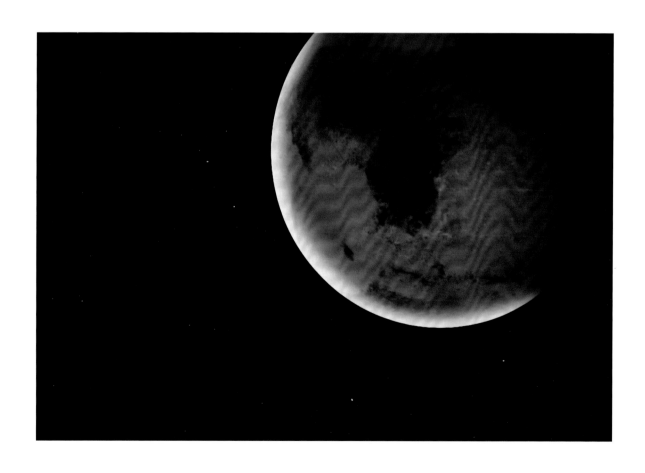

科学不着急

卢卡·佩里

人生不是在悠然散步。

人也好，想象思维也好，生命也好，都在不断发展，不断向前。媒体也是这样，但科学不能。2020 年 9 月，有报道称金星上可能有以微生物形式存在的生命。这是一条媒体新闻，但这条新闻并不具有科学性。

科学上讲，金星表面是一个坏地方：阳光无法穿透金星的云层，它的大气层主要由二氧化碳构成，大气压力约为地球上的 90 倍，温度超过 450℃。除此之外，金星的云层中不会凝结水滴，而是凝结出硫酸液滴。通过快速分析可以认为，金星上是几乎不可能发现任何形式的生命的。

然而，经过对环境的分析，我们发现在距离金星表面 40—70 千米的高空中有一个区域，压力与地球相似，温度约为 30℃，很有可能在那里发现雾化水。

1967 年，天体物理学家、科普作家以及科幻作家卡尔·萨根（Carl Sagan）提出了在金星大气层中的这一区域可能潜伏着微生物群的假设。这一假设一点儿也不荒谬，因为随后的研究表明，某些细菌的确可以在地球的云层中存活。

当然，有些地方可能有更好的允许生命存活的条件，比如火星和木星的卫星，那里结冰的表面下隐藏有液态海洋；或者充满甲烷的土星卫星泰坦（土卫六）。而关于金星大气中微生物生命的科学探讨已经持续半个多世纪了。但放慢脚步，别急着奔跑。我们继续探究。

要寻找外星微生物有两种方法。

第一种方法是发射探测器进入金星大气内部，或者到非常靠近的地方对其大气进行研究。自 20 世纪 60 年代以来，我们已经发送了一些探测器，其中有十几个成功到达了金星表面。然而，这些探测器都不具备采集大气样本以寻找微生物的充足条件。

而第二种方法是找到一种在地球上就能进行的研究途径。一种可能性就是寻找所谓的"生物标志物"，即某种存在于金星大气中的、我们认为可能是来自某些生物过程的分子，例如：氧气。在没有任何形式的生命存在的前提下，大气中产生大量氧气的可能性很低。

讲到生物标志物，就回到了那条垄断了 2020 年 9 月各大媒体的新闻——这次它确实是科学性新闻：金星大气中可能存在磷化氢。

磷化氢是由一个磷原子和三个氢原子组成的简单分子。它的特点是具有尸体腐烂的恶臭气味，被用作杀虫剂。但令人深思的并不是它的特性，而是它的来源。

一般来说，磷是一个生命的基本元素。诺贝尔化学奖获得者亚历山大·罗伯特斯·托德（Alexander Robertus Todd）曾说过，"哪里有生命，哪里就有磷。"而我们更想了解的是，是否哪里有磷，哪里就有生命？

在所有含有磷的分子中，人们对磷化氢的关注是有原因的，地球上大量存在的磷化氢只来自无氧环境中细菌的生物进程。因此，多年以来，许多研究都将磷化氢确定为一个非常强大的生物标志物，用以研究类地行星，比如地球，又比如金星。

这就是为什么几年前一个国际研究团队开始对这个明显不适合居住的行星的大气层进行分层探测，并在传回的信号中寻找磷化氢的化学指纹。

2017 年 6 月，研究人员利用位于美国夏威夷的詹姆斯·克拉克·麦克斯韦望远镜首次发现了磷化氢。或者更确切地说，他们发现了可能属于磷化氢的化学指纹，而且是在卡尔·萨根所假设的那个云层高度中找到的。

但是，该团队对这一消息进行了保密。

科学不能仓促飞奔，因为当科学随着媒体节奏快速奔跑或者是被轻易得来的乐观主义冲昏头脑，就很可能摔跤。摔跤之后，人们可能才发现，原来在 ALH 84001 陨石中找到的火星微化石实际上是矿物；或者莫诺湖的砷基生命与其他生命一样都是碳基的；或者在 TRAPPIST-1 系统宜居带内的系外行星实际完全不适宜生存；又或者，OPERA 实验中超光速运动的中微子只是正常的中微子，而不正常的其实是使用的仪器。

卡尔·萨根说，"非凡的主张需要非凡的证据"。而存在磷化氢的非凡证据还并不存在。

在其他相比来说强度高出了几千倍的信号当中，我们发现的磷化氢化学指纹实际非常微弱。为了找到它，必须进行非常复杂的统计分析，而且经验表明，对数据分析进行得越复杂，得到的肯定结果就越有可能是错误的。

所以，科学家们使用了智利的 ALMA（阿塔卡马大型毫米波天线阵）射电望远镜收集其他数据。得到的结果中仍然有相同的信号。而且这一次，我们找到的不再是一点细微踪迹，而是约等于地球大气层中磷化氢分子含量 1000 倍的巨大含量。不用说，该团队这次还是对消息进行了保密。

科学不能仓促，必须思考所发现的东西的意义，否则可能有人会指出，某些分子会留下类似的痕迹，或者存在某些非生物现象也能够产生磷化氢。这就是为什么该团队耐心地分析了所有已知的可能性，从而排除可能存在的具有迷惑性的分子，以及可能存在的能够产生磷化氢的非生物原因。

比如，我们可以很合理地排除，金星云层上正在合成的是大量的甲基苯丙胺晶体 ① 。至于磷化氢，闪电或火山喷发，还有所谓的"太阳风"，即恒星上层大气射出的粒子流，都可能导致磷化氢的出现，甚至彗星和陨石上也有它的痕迹。除此之外，虽然有美国和苏联（俄罗斯）的声明，但实际上近几十年来发送的探测器并没有进行严格的杀菌工作，所以也有可能是我们把厌氧细菌带到金星上的。

---

① 即冰毒，化学结构非常复杂，只能通过人工合成。——译者注

但是，如果磷化氢的来源真的是这些，我们所看到的关于浓度的数据，应当约等于测量值的万分之一。

因此，英国皇家天文学会在经过三年的调查后决定向全世界宣布这一发现。

但他们并没有说"我们找到了外星生命"。因为科学不能仓促。

当在火星发现地下盐湖系统时，科学没有着急；当在含有硫酸雨的云层中发现微生物活动所产生的分子信号时，科学更不应妄图一蹴而就。

在行星的大气中，当氢处于高压和高温时，确实可能形成大量的磷化氢，比如在气态巨行星上就是这样，我们在木星上就发现了它的踪迹。但人们认为在类地行星上不存在这种情况。另外必须说明的是，我们也并没有 100% 掌握磷的化学性质。

因此，生产出这些磷化氢的既有可能是微生物，也有可能是某些未知的化学过程。总之，即使我们已经在地球上生活了 30 万年，但可能仍未完全理解类地行星是如何运作的。

好消息是，如果磷化氢的信号是真实的，最差的可能性是我们会发现一种未知的化学物质。但如果我们幸运，我们将在科学史上第一次为发现地外生命奠定非常重要的基础。

那么现在该做什么呢？

正如我们科学界一直在做的：保持冷静、沉着，继续等待并进行调查。科学家们将分析去往水星的贝皮科伦坡探测器在 2020 年 10 月中旬接近金星期间收集的数据。他们计划派出探测器采集酸性云样本，深究磷的化学性质，寻找可能的非生物原因，确保实验结果的真实性准确无误。我们还将寻找创新型方式，继续我们在地球上的研究。

这就叫科学方法。它似乎没有那么令人激动，也不如新闻头条响亮和精彩。媒体可以急匆匆发布新闻，但科学不能。

科学家是人，乐观主义和快速取得进展的诱惑可能非常强大。科学和科学方法无法阻止科学家们犯错或失败，但能够帮助他们重新振作起来，重新找到正确的节奏。

对我们身边事物的研究不能急着傻傻地快速奔跑，而应一步一个脚印地慢慢走，偶尔还要停下来。达到目的地可能需要更长时间，但我们的目标并不是——或者说不该是——尽快到达，而应该是不入歧途。

当有爆炸性发现的时候，我们并不需要马上去营造轰动。一部杰作不是猛然完成的，阅读它当然也不能读一行、跳一行。

欣赏需要时间，撰写著作则需要更多时间。

所以，无论需要多少时间，尽管慢慢去做。我们一起去发现更遥远的世界。

卢卡·佩里（Luca Perri）

意大利国家天体物理研究所天体物理学家，米兰天文馆讲师。负责利用广播、电视、印刷出版物、文化节以及社交工具等媒体平台进行科普活动。与意大利广播电视公司 Rai 电视台第三频道"乞力马扎罗"栏目、广播电台第二频道、DJ 电台、《24 小时太阳报》电台、《共和报》、科普杂志《焦点》《焦点（青少年版）》、意大利伪科学声明调查委员会、热那亚科技节，以及贝加莫科技节等多家媒体、组织机构、平台均有合作。参与 Rai 电视台文化频道"超级夸克＋"等节目的脚本撰写与主持工作。意大利德阿戈斯蒂尼学校（德阿戈斯蒂尼出版社下属教育机构）签约作家兼培训专员，与西罗尼出版社、德阿戈斯蒂尼出版社以及里佐利出版社等合作，出版有多部科普作品。其中，《太空谣言》一书获 2019 年意大利学生宇宙科普奖。

土星

木星

火星

地球

金星 ·

水星 ·

海王星

天王星

太阳系
的诞生

太阳系起源于 45.7 亿年前一个气体和尘埃构成的星
云，它的诞生是一个迷人的过程，在物理定律以及
对新生行星系统的观察的帮助下，我们现在终得以
对当时的情景进行描述。

从远古时代起，人们就对太阳系的行星有所了解；至少认识了其中的几个，即五颗肉眼可见的行星：水星、金星、火星、木星和土星。几千年来，人们将它们当作一些不停移动的光点来进行观测，这些光点不同于其他星星，因为其他的星星似乎始终保持相同的相对位置。出于对它们特殊运动的兴趣，古希腊人把这些光点叫作 πλάνητες ἀστέρες（即 Planetes asteres，游星），或"行星"，取其在位置不变的星星之间"游移不定"之意。此外，对于古人来说，太阳和月亮也属于行星，因为相对于其他星星，它们在天空中的位置也随着时间改变。

在古代，行星是神话故事和传说的主题，也是最重要的科学研究的主题，比如，人们曾试图掌握行星运动的规律。后来，在 17 世纪初，望远镜的引入改变了我们的视角，使我们能够将行星的概念从简单的游荡光点转变为具有结构性和特定物理性质的天体。正是有了望远镜，1781 年我们发现了天王星（天王星的亮度实际上是肉眼可见的，但其亮度很弱，无法引起人们的注意），1846 年又发现了用肉眼完全看不见的海王星。20 世纪 50 年代末则开始了征服太空的时代，我们能够到访行星及其卫星，以及太阳系的其他天体。这成为更进一步的转折点，极大地扩展了我们对行星的了解。

综上所述，截至 20 世纪 50 年代末，对于行星的研究，我们可以确定三个时期：使用望远镜前的时期，使用望远镜但还没有进行太空飞行的时期，以及可以使用功能强大的望远镜和行星探测器的时期。

我们所认识到的行星的数量急速增长。但要注意的是：新发现的行星都来自太阳系之外。1992 年我们发现了第一颗太阳系外行星，即运转轨道所绕围的恒星不是太阳的行星。实际上那颗恒星与太阳完全不同，它是一颗脉冲星。后来，在 1995 年，人类在太阳系以外首次发现围绕着一颗"正常"恒星公转的行星。从那时起大约有 4500 颗[①] 行星被发现，而这还只是开始。如今，天文学家认为许多恒星——至少大部分（如果不是所有，或几乎所有恒星的话）——都有行星环绕。这意味着在我们的银河系中可能存在约一千亿颗行星。就这样，在 20 世纪 90 年代开启了第四个时期，也就是对这些天体的研究；这极大地扩展了我们的视野。然而，系外行星与太阳系的行星有所不同，太阳系外行星（或称为系外行星）是无法从近处研究的。试想一下，目前最快的探测器是旅行者一号，以它离开太阳的速度，要到达离我们最近的恒星及其行星，即比邻星和比邻星 b，可

---

① 截至目前已发现超过 5300 颗。——译者注

能需要 75000 年！因此，第五个时期，也就是直接探索这些天体的时期，想要开启的话，将会是在很遥远的未来。

在本书中，我们首先将谈论我们的邻居太阳系行星，此外也会谈及系外行星。许多系外行星都蕴藏着让人难以想象的惊喜。

原始星云

概括来看，太阳系的结构是很容易描述的。它的中心是一颗恒星——太阳，它占据了几乎整个太阳系的全部质量。在太阳系内部，有四个高密度的体积较小的行星：水星、金星、地球和火星。它们具有

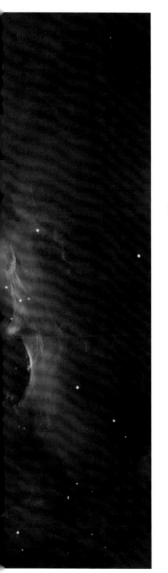

拓展阅读
猎户座星云

　　星云是气体和星际尘埃的巨大聚集体。构成其主要成分的气体所具有的密度非常低，从每立方厘米几个到几千个原子不等。尽管如此，星云规模巨大，所以包含大量的物质。最接近地球的恒星形成区猎户座大星云，由于其中心部分在冬季的天空中是肉眼可见的，所以是最著名的、相关研究最多的区域。它距离我们 1350 光年，在天空中延展出的区域明显大于满月所占据天空的面积，再考虑到它与我们之间的距离，可以很快明白它是一个非常巨大的天体——它的直径约为 25 光年。总体上，它的质量约为太阳的 2000 倍，并且是一个更大的星云体的一部分。如果太阳系被放置在这个星云的边缘，我们以旅行者一号的速度发射一个探测器，它将需要近 50 万年的时间才能将其穿越。

固体表面，被称为"岩质"或"类地"行星。而在外层区域有四颗更大且密度更低的行星：木星、土星、天王星和海王星，它们被称为"气态巨行星"。如果向这些行星降落，我们无法着陆，而是沉入一个气体海洋之中，而且越靠近内部，气体海洋的密度就越大。所有的行星都以相同的方向在大致相同的平面围绕太阳运转，但我们一眼就能看出，类地行星和气态巨行星分属两个截然不同的家族。

　　此外，太阳系中还有一些区域由大量的小行星和彗星等小天体组成：火星和木星轨道之间的主小行星带，海王星轨道之外、距离太阳 30 至 50 个天文单位（天文单位，根据定义，是指地球与太阳的平均距离，约为 1.496 亿千米）的柯伊伯带，和延伸到 100 个天文单位以外的碎屑盘，最后是奥尔特云，在距太阳 2000 至 20 万个天文单位之间。

　　如何才能再现太阳系的诞生呢？显然，没有人看到当时发生了什么，除非是我们对其一无所知的外星文明。然而，尽管时间已经过去，我们仍可以利用两种工具对发生的一切有个大概的了解。第一个工具是物理定律，如果一个天体系统的当前结构和组成部分之间的作用力都是已知的，我们便可以了解它在未来将如何演进。尽管我们并未在演算未来，而是要给宇宙的电影"倒带"，进行"时光倒流"，物理定律也依然适用。因此，从太阳系目前的结构来看，我们可以思考最初是怎样的结构导致了它的出现。我们可以对其进行计算，尽管不管在过去还是在未来，这些计算的精准度都会随着时间的拉长而越来越低。但第二个工具可以帮助我们，也就是观察此时此刻正处于诞生阶段的围绕恒星的行星系统是如何形成的。虽然每颗恒星和每个行星系统都有自己的历史，但我们的恒星系统（太阳系）的诞生模式与其他所有恒星系统完全不同是不太可

狼蛛星云

　　狼蛛星云，距离地球 16 万光年，位于银河系的一个卫星星系——大麦哲伦星云中。这个星云十分巨大：宽约 1000 光年，总质量相当于太阳的100 万倍。狼蛛星云是我们银河系周围已知的最活跃的恒星形成区。

● 图片来源：欧洲南方天文台。

上图 形成行星的星周盘的艺术图像。图片来源：美国国家航空航天局。
右图 美国航空航天局太阳动力学天文台拍摄的一张太阳的照片。图片来源：太阳动力学天文台。

能的。太阳系目前正值成年期，就像观察一个成年女性或者成年男性，即使我们没有直接见证他们的出生和童年，我们也能有一个大致的了解，猜测他们出生时大概的体型和重量，知道他们有时会像所有新生儿一样哭泣，等等。因为我们看到，所有的人类都是这样的。

在我们的银河系中，恒星在源源不断地诞生。根据一项最近的推算，平均每年有 7 颗恒星诞生。然而，恒星形成的速率却随时间的推移而下降，数十亿年前恒星诞生的数量要比今天多。而 45.7 亿年前诞生的一颗恒星对我们有着特殊的意义，那是"我们的"恒星——太阳，随之诞生的还有我们的各个行星。

恒星起源于星云，星云是气体和星际尘埃的巨大聚集体，其中气体成分通常占主导地位。星云的主要成分是氢和氦，分别约占总质量的 3/4 和 1/4，剩余还有少量其他元素，占 1%—2%。据估计，孕育了太阳系的星云直径大小为 65 光年，这一数值与我们在天空中看到的其他星云的数值相符。太阳系的历史开始于该星云内出现的一种被称为"引力坍缩"的过程。通常情况下，该过程并不涉及整个星云，而只涉及其中平均大小为几光年的单个区域。当重力超过绝对温度下气体的压力，就会出现引力坍缩。通常要使重力达到这种程度，需要借助一个"推力"，例如附近超新星的爆炸。当一颗恒星以超新星形式爆炸时，它会以非常高的速度向太空抛射出部分质量。如果这种情况发生在星云附近，爆炸的恒星所喷射出的物质会冲击星云气体，产生的激波会在它的前端将物质"积累"起来，如此便压缩并加强了重力的作用。换句话说，就是促进了新恒星的形成。

太阳和行星的形成

太阳系也是这样形成的吗？人类认为是的：在一些非常古老的、可以追溯至太阳系诞生时期的陨石中存有微量的同位素，其中包括在超新星爆炸中形成的铁 -60。因此，极有可能在 45.7 亿年前，一颗或多颗超新星在太阳系所诞生的星云附近爆炸。太阳系的年龄也是用陨石来估算的，陨石中最古老

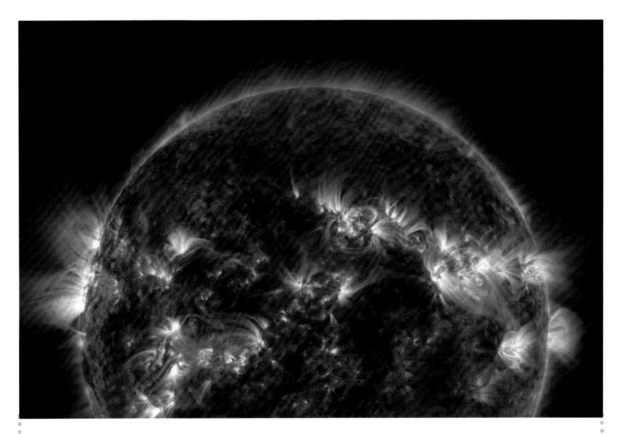

太阳的"姊妹"星

有没有可能识别出与太阳形成在同一原始星云中的恒星，也就是太阳的"姊妹"星？天文学家尝试过。太阳和另一颗恒星是否为"兄弟姐妹"的第一个线索是化学成分，如果构成它们的物质来自同一个星云，那么它们姊妹一定非常相似。第二个线索是年龄，它必须与太阳的年龄吻合。最后，候选的姊妹星当前的运动状态和位置必须与太阳的可能出生地相匹配。结果是，在 2014 年科学家们找到了第一颗符合这些要求的恒星 HD 162826，它距离我们 110 光年；并在 2018 年找到了第二颗符合这些要求的恒星 HD 186302，它距离我们 184 光年。第一颗比我们的太阳更大、更亮，第二颗则与太阳非常相似。

左图 疏散星团M7，位于天蝎座，由欧洲南方天文台的拉西拉天文台拍摄。这个星团距离地球980光年，有2亿年的历史。图片来源：欧洲南方天文台。

下图 猎户座星云中一颗名为HH212的恒星正在形成，周围是尘埃盘，由阿塔卡马大型毫米波/亚毫米波天线阵拍摄。图片来源：阿塔卡玛大型毫米波天线阵、欧洲南方天文台、日本国立天文台、美国国家射电天文台、Lee等人

的部分可以追溯至 45.7 亿年前。这些天体比地球和月球上的岩石更适合测年工作，因为它们当中的一些被认为是太阳系的原始组成部分，没有参与主要天体的形成，成分基本上也没有发生变化。

在引力坍缩开始后，受影响的区域"分裂"成若干部分，形成了大量不同的恒星，可能有成百上千颗。所以这些恒星成组诞生，被称为"星团"或"疏散星团"，随后在数亿年的时间内分散开来。换句话说，与太阳和太阳系一起，还有其他的恒星和行星系统诞生。

为了理解坍缩后发生了什么，我们必须引入一个新概念，即"角动量"。想象一下，一个物体以恒定的速度做圆周运动；角动量由物体质量与其速度和运动半径相乘得到。在一个独立的物理系统中，这个量保持不变，即角动量守恒；因此，如果运动半径减小，速度就会增加。这也适用于进行复杂旋转的人体，例如，如果一个旋转的溜冰者将手臂抱在身体上，就会增加他的旋转速度。

对于形成太阳系的星云亦是如此：随着坍缩的进行，当物质在重力作用下缓慢地向中心下沉时，旋转的速度增加。

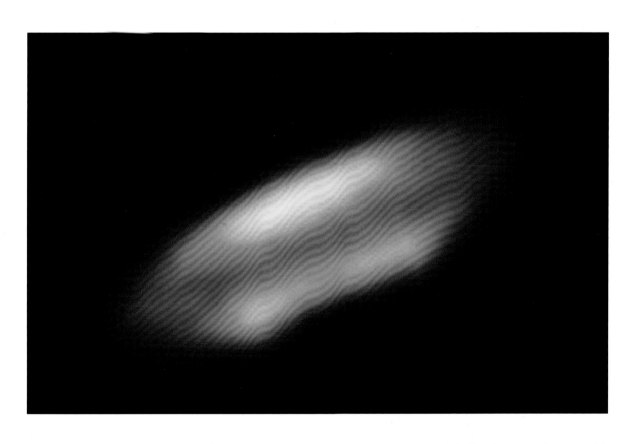

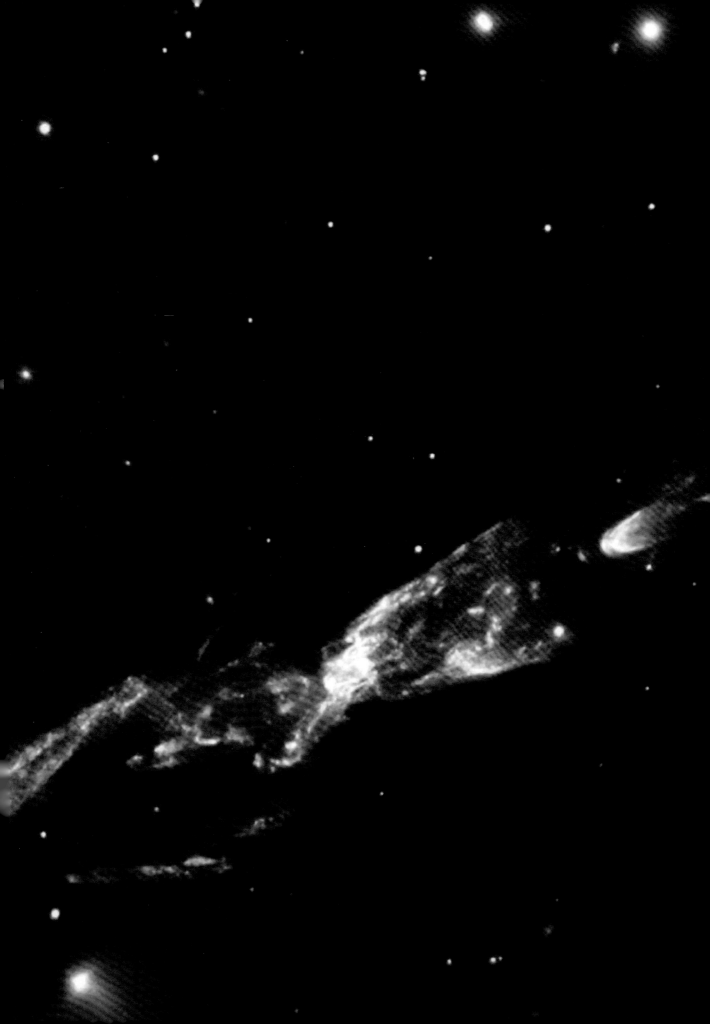

诞生中的恒星

● 这张由欧洲南方天文台甚大望远镜拍摄的红外图像显示了猎户座中一个叫作"赫比格－哈罗天体"喷出的对称喷流。赫比格－哈罗天体是围绕着正在诞生的恒星旋转的星云状物质。原恒星积累力量时，环绕着它的物质进行复杂活动，从而会导致被部分电离的气体朝两个方向喷出，正像图中所示。

● 图片来源：欧洲南方天文台／M.McCaughrean。

现在，想象一个近似球形的区域绕内部的轴旋转，随着收缩，它的速度会越来越快。在"两极"区域，转速较慢，物质在重力作用下向中心下落，而在"赤道"区域，为使重力平衡，转速更快。其结果是坍缩区开始变得扁平，形成一个旋转的盘型，称为"星周盘"或"原行星盘"，它将形成行星以及系统中除太阳以外的所有其他天体；而它的中心，由于重力使大部分质量向中心下沉，便形成了太阳。

就这样，太阳占太阳系总质量的 99.86%，其他天体加起来只有 0.14%，但是，大部分角动量集中在这些天体中。形成行星物质的盘状结构至今仍很明显，如果我们想象从北极一侧的空中鸟瞰太阳系，所有行星都在相同的平面（即原始的星盘平面）、按照相同的方向（原行星盘的旋转方向）逆时针绕太阳转动。

在太阳形成的阶段中，原行星盘中心形成的还不是真正的恒星，而是一颗原恒星，我们可以称之为"原太阳"。原太阳变得非常热，因为当气体被压缩时——此时是引力坍缩引起的压缩——气体就会变热。这导致了一些很重要的变化。在原太阳的中心区域，温度超过约 800 万—1000 万摄氏度的临界温度之后，氢与氦开始发生核聚变。在那一刻，太阳变成了一颗真正的恒星，也是从那一刻起，太阳开始散发出耀眼的光芒，并还将闪耀很久很久。

它表面几千摄氏度的温度足以使我们的恒星在可见范围内变得非常明亮，这也成为了照亮太阳系的第一束光。最后，温度的升高导致了气体压力的增加，使刚出生的太阳的重力和内部气体压力之间达到平衡，结束了触发太阳诞生的坍缩进程。

星子和原行星

从开始发光的那一刻起，甚至在成为一颗真正的恒星之前，原太阳就开始为自己的星周盘加热，这将促成行星系统的诞生。星周盘的半径大概是 100 个天文单位左右，内部最接近原始太阳的部分温度较高，而外部则较低。圆盘中的碎片随机碰撞，有时在碰撞中会组成更大的碎片，尺寸达到千米量级。这种天体被称为星子。它们中的一些至今仍以小行星、彗星核、一些行星的卫星或海外天体（即位于海王星轨道之外的天体）的形式存在。其他的星子则聚集在一起相互碰撞，碰撞的巨大能量转化成热量，这样就形成了更大、更热的天体——原行星，原行星由熔化的物质融合在一起构成，其结构内部就会出现分层，较重的元素向中心下沉，较轻的元素上升至表面。大小与水星和火星这两个太阳系中最小的行星相

跨页图 在 400 光年之外，估测有 100 万年历史的蛇夫座星云中，一颗非常年轻的恒星周围环绕着一个原行星盘。根据它的形状，这个圆盘被称为"飞碟"。其大小约为 300 个天文单位，据推测里面有行星正在形成，或将在不久的未来形成。图片来源：数字化巡天二期 / 美国国家航空航天局 / 欧洲航天局。

当的原行星是构成现在这些行星的基石。由石块或灰尘大小的小碎片开始，孕育星子继而形成原行星的过程被称为"吸积"，最初主要是随机碰撞，而随着所形成的天体质量增加，也产生了重力，并开始吸引周围的碎片。但是，星周盘中不同部分里的原行星形成的方式并不相同。

看不见的线

正在诞生的恒星周围的原恒星盘被分为两个部分：一个是内部，较热；另一个是外部，较冷，而划分这两部分的线被称作"雪线"。雪线是根据距原太阳的距离界定的，易挥发的物质，比如水，在线内以气体形式存在，在线外则以固态冰粒的形式存在。由于不同的化合物在不同的温度下升华，并且这个温度也取决于压力，因此不可能定义一条适用于所有物质的雪线。但对于水结成的

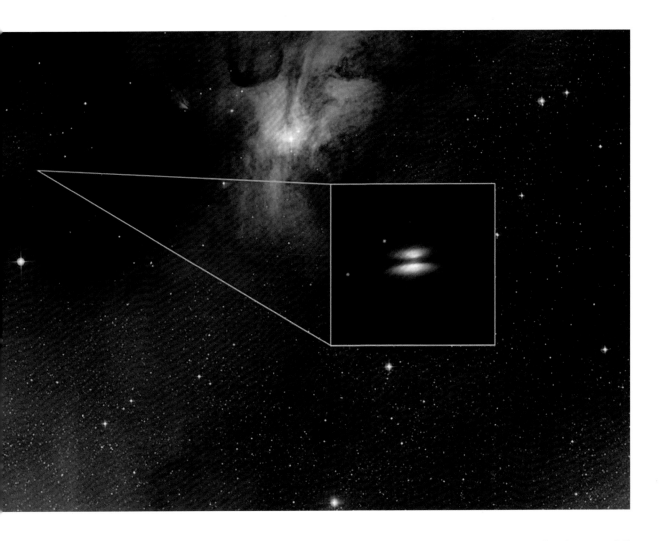

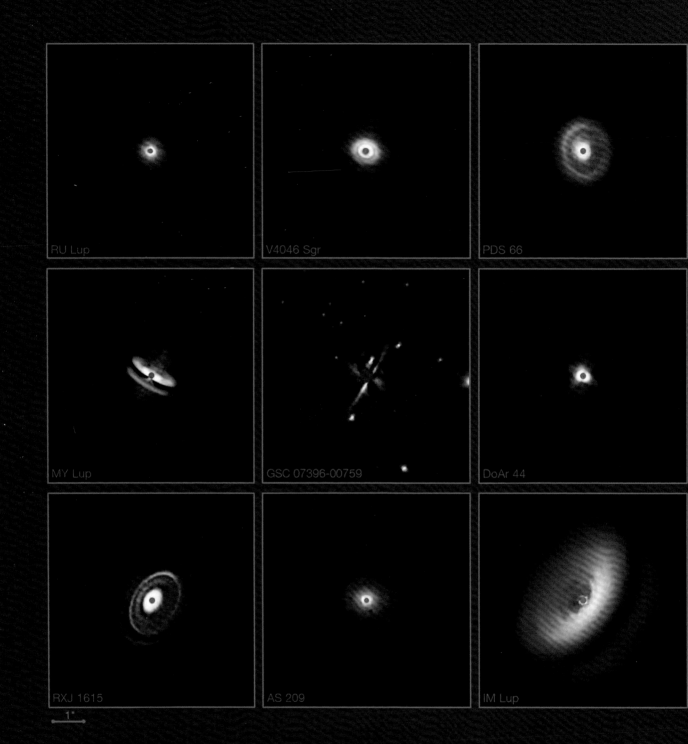

RU Lup

V4046 Sgr

PDS 66

MY Lup

GSC 07396-00759

DoAr 44

RXJ 1615

AS 209

IM Lup

1"

上图 欧洲南方天文台的甚大望远镜捕捉到了年轻恒星周围的多个尘埃盘，其中似乎有行星正在形成。图片来源：欧洲南方天文台 /H. Avenhaus et al./E. Sissa et al./ DARTT-S and SHINE collaborations。

下图 海尔－波普彗星，在 1997 年变得非常明亮。长期以来，人们一直认为彗星是地球上最重要的水源之一，但最近，由于彗星上冰的氢和氘同位素比值与地球上的水中数值不一致，这一假设受到了质疑。图片来源：欧洲南方天文台/E.Slawik。

冰来说，雪线距离原太阳约 3 个天文单位，位于火星和木星当前的轨道之间。类地行星和气态巨行星之间的分界线也并非偶然：类地行星在雪线内，而气态巨行星在雪线外。

如此一来，雪线内保持固态的只有不太容易挥发的物质，如硅酸盐和金属，也是这些物质在这个区域形成了原行星。但由于星云中这些元素存在的百分比都非常低，因此在雪线以内形成的行星最终都比较小。而雪线之外，挥发性化合物以固体形式存在，也参与了行星的吸积，因此这些行星质量更大；而更大的重力使它们从太阳的星周盘中捕获了更多的氢和氦，尤其是木星和土星。出于这些原因，外部行星比类地行星大得多，但密度更低，氢和氦含量则更高。

与此同时，原太阳经历了一个名为"金牛座 T 型变星阶段"的状态，这一名称来自金牛座中的一颗正处于这一变星阶段的原恒星。在这个阶段，原恒星产生强烈的星风（从恒星向外运动的物质流），我们可以认为原太阳当时亦是如此。强烈的太阳风吹走了原恒星盘中的剩余物质，在一千几百万年的时间后阻断了外部行星的物质积累。

但是，当时的太阳系看起来并不像今天这样。雪线以内可能曾有 100 多颗原行星，它们相互碰撞，形成了更大的行星，比如我们的地球。而年轻的地球和一颗大小与火星相仿的、被称为忒伊亚的胚胎行星相撞后，还诞生了月球。碰撞后，地球上掉落的物质和被彻底摧毁的忒伊亚的部分碎片留在了环绕地球的轨道上，这些碎片聚集在一起，形成了月球。在那个遥远的时代曾存在过许多天体的另一个证据是金星的逆向自转：金星自转自东向西，而不是像其他行星那样自西向东。最显而易见的解释是，它遭到了另一个星体的"撞击"，使其沿旋转轴反转。无论如何，可能在太阳系诞生 1 亿年后，类地行星才有了现在的样子。

行星"迁徙"

我们已经概述了太阳系的形成机制，但是我们不能认为行星一旦形成，所构成的太阳系就和我们今天看到的完全一样。经过过去 20 年的研究，人们提出了行星轨道在过去曾发生过变化的观点。这个观点是由天王星和海王星的一个问题引出的：在它们目前距离太阳的位置上，当时的原始星云物质密度是

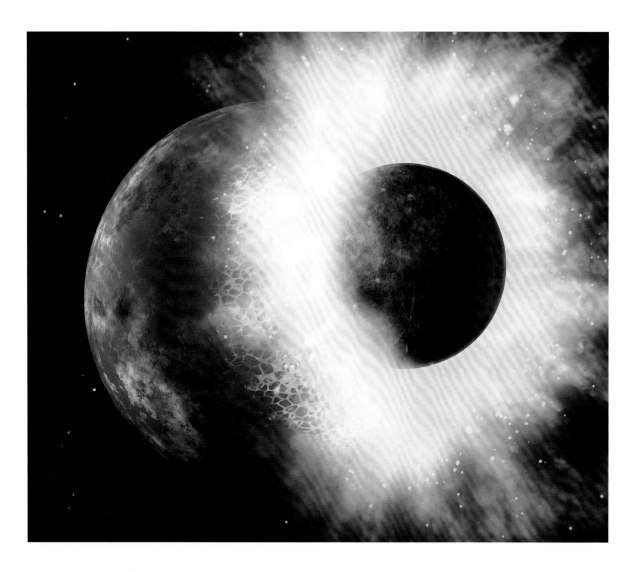

非常低的，人们认为这里是不可能找到大质量的行星的。因此，人们认为它们是在离太阳更近的地方形成的，然后在数亿年的时间内向外移动了。这一问题以及其他与天体（包括小天体带）分布有关的问题，使我们开始更深入地研究轨道曾随着时间的推移而变宽或变窄的可能性，以及太阳系的行星曾从一个地方迁移到另一个地方的可能性。

对这一场景进行研究的模型为"尼斯理论模型"，之所以用"尼斯"命名，是因为这一模型是于 2005 年在尼斯附近的蔚蓝海岸天文台构想出来的。根据这个模型，最初的行星的轨道更紧凑，天王星和海王星比现在更接近太阳，而且可能两个行星的位置也与现在相反，海王星离太阳更近，而天王星更远，在距太阳 17 个天文单位的位置上（而如今，天王星距太阳 19 个天文单位，海王星距太阳 30 个天文单位）。在更远的位置，直到距太阳 35 个天文单位的地方，分布着一个由大量结冰的岩石状星子构成的盘状区域，其总质量约为 35 个地球质量。这个圆盘上的小天体和外行星之间相互碰撞，导致角动量交换，星子被推到了离太阳更近的位置，而外行星距离太阳则更远。按照这种方式，随着时间的推移，天王星和海王星逐渐远离太阳，土星尽管规模更小，亦是如此。但当这些星子接近木星时，情况出现了变化。木星的质量太大，无法移动，木星的引力又破坏了这

拓展阅读
地球上水的起源

如果在太阳系内部的区域，也就是在雪线内区域，大部分水已经耗尽了，那么地球上的水是从哪里来的？是谁带来的？第一个候选理论是富含水冰的彗星，很久以前有很多彗星都和地球发生过碰撞。然而，当我们分析包括哈雷彗星在内的一些彗星冰中的氢和氘（一种"重氢"）之间的比例时，我们发现它不同于典型的地球上的水。所以，现在只有少数人认为是彗星为地球提供了水。目前，最好的候选理论是主小行星带上的小行星，尤其是那些远离太阳的小行星，它们的矿物中含有丰富的水。而且一些陨星中的水合矿物中氢和氘的比例与地球水的这一比例相似。

然而，明斯特大学的格里特·巴德（G. Budde）、克里斯托弗·布卡德（C. Burkhardt）和托尔斯滕·克莱因（T. Kleine）于 2019 年在《自然天文学》杂志上发表的一项研究提出了第三个候选理论：忒伊亚。根据这项研究，忒伊亚可能形成于太阳系的外部，富含丰富的水，并将水输送到了地球。

事实上，也不完全排除地球上一直存在水。地球捕获的氢和氧可能结合在一起生成地表水；数据表明地幔中存在含有氢和氧的矿物质，这些氢和氧的含量足以形成十个海洋。

移动的木星们

对太阳系外行星的发现有力推动了"行星迁移"这一假设：20世纪90年代所发现的第一批系外行星，质量近似或高于木星的质量，但它们所在的位置极为接近其主恒星。这些行星被称为"热木星"（见第五章）。

那么，提出以下的疑问是非常合理的：在那些行星系中发生的事情，怎么可能与我们的行星系统中发生的事情一样呢？也可能这些行星形成于更远的地方，然后由于行星迁移现象而变换了位置。所以，这种情况也可能会发生在太阳系中。

些小天体的轨道，给它们进行了极大的加速，将这些星子抛到了太阳系的外部区域，形成了现在的奥尔特云，甚至还有些被逐出了太阳系。而与此同时，木星也被推入了一个更靠近内部的轨道。

当太阳系形成 6 亿—7 亿年后，木星和土星经历了 2:1 的轨道共振（见第 22 页方框）后，太阳系被彻底改变了。

圆盘主带上的许多星子都被抛到了太阳系内部，而天王星和海王星则进入了星子所在的盘状区的外部，改变了它们原本的轨道并将其中的大部分都驱散开了，尽管这些剩余星子的总质量估计约为原始总质量的 1%。被抛出的星子中有一些进入了内太阳系，在那里，大量流浪天体和主带的星子掉落在了内行星上，发生了所谓的晚期重轰击（英文称作 late heavy bombardment）。对月球和水星陨石坑的年代测定似乎证实了很多的陨石坑都可以追溯至这一时期，但这一问题仍然存在争议。而幸存的星子则构成了柯伊伯带。如今，太阳系中存在的其他较小天体带，即主小行星带、碎屑盘和奥尔特云，也正是因为这些剧变而呈现出了目前的样子。为了更好地解释这些天体带的结构，尼斯模型经历了多次修改和演变，其中最轰动的是推测第五颗巨型行星存在的假设，根据这一假设，这颗巨行星在靠近木星时被逐出了太阳系。

尼斯模型告诉了我们哪些可以确定的事情呢？那就是，太阳系绝不是一个无聊的地方，行星的轨道自形成以来并未一直保持不变，正相反，太阳系充满活力，行星轨道发生过变化，而且可能有一颗巨型行星——也可能是两颗——与许多小天体一起被逐出了太阳系。因此，我们今天看到的并不是太阳系一直以来的样子，而是经过多次改变后的样子。

木星和大迁徙假说

一个被称为"大迁徙假说"（英文叫作 Grand tack hypothesis）的模型引发了进一步轰动。根据该模型，在太阳系形成的最初期阶段，木星曾迁移到比目前假设的更靠近太阳的位置，距太阳 1.5 个天文单位；但它与土星进入了轨道共振状态，被迫向外进行"大迁徙"，最终达到了目前距太阳 5.2 个天文单

位的位置。这一假设可以解释为何火星质量很小，木星靠近时将火星所在区域附近的物质推到了距太阳 1 个天文单位的地方，清空了火星形成的区域。这也可以解释为何在木星偏离轨道、开始远离太阳时形成的地球和金星在类地行星中质量最大；而火星，尽管按照计算其质量应与地球相当，实际上却比地球小十倍。

大迁徙假说有助于解释太阳系的另一个特征：没有超级地球。超级地球是指质量比地球大、比海王星小的行星，它们在其他行星系中很常见，但在太阳系不存在超级地球，从质量上看，地球和相当于 17 个地球的海王星之间的范围内就形成了一个奇怪的缺口。除此之外，大部分超级地球的轨道十分靠近恒星。如此看来，太阳系不再像是个正常的星系了，甚至还有些奇怪。2015 年 3 月，加利福尼亚大学圣克鲁兹分校的科学家康斯坦丁·巴特金（K. Batygin）以及加州理工学院的天文学家格雷格·劳克林（G. Laughlin）在《美国国家科学院院刊》提出了一个理论，试图解释这一问题。根据这项研究，在原始星云中，类地行星有可能在太阳附近形成并增大，开始变成超级地球，而木星向内移动使这些行星轨道不再稳定，发生交叠，最终导致它们碰撞和瓦解，残骸被太阳的引力吸走。我们今天所看到的类地行星可能是在木星"大迁徙"时由仅存的少量星云物质形成的，出于同一原因，它们比超级地球都更小。这一问题仍有待讨论，但也彰显了对系外行星系统的观测是如何影响我们对太阳系理解的。这是天文学的典型特征：看向远方也有助于更好地了解近处的事物。

拓展阅读
轨道共振问题

在物理学中，共振现象指的是具有一定频率的振动系统在受到等频的周期性力的作用下，振幅增加。秋千就是一个例子，当每次摆动都受到推力时，秋千的振幅就会越来越大。若两个天体的公转周期之比为两个较小的整数之比，例如 2：1、3：2 或 4：3，我们说这两个天体具有轨道共振。例如，海王星和冥王星具有 3：2 共振，即冥王星每完成 2 次完整公转，海王星会完成 3 次完整公转。

如果两个天体处于轨道共振状态，它们会对彼此施加稳定的周期性引力作用，而共振会增强这种相互影响。轨道共振能够使轨道更稳定，就像冥王星和"小冥王星"们（类似冥王星的一些小天体）与海王星形成的 3：2 共振，使它们避免被逐出太阳系。但轨道共振也有可能摧毁一个稳定的轨道，例如柯克伍德空隙，即主小行星带中的空白区域，若小行星来到这些区域，就会与木星发生轨道共振，从而被抛射出去。

许愿池

　　疏散星团 NGC 3532，也被称为许愿池星团，拍摄于欧洲南方天文台的拉西拉天文台，位于 1300 光年之外的船底座。它的年龄约为 3 亿年，其中包含许多蓝色恒星，也有许多红超巨星。这些红超巨星是星团中质量最大的那些恒星演化的产物。

● 图片来源：欧洲南方天文台 /G. Beccari。

类地行星

水星、金星、地球和火星都是类地行星，它们是太阳系中更小且更靠近太阳的行星。它们都有坚硬的表面，并具有一些相似的特征，但更引人注目的当数它们各自的独特之处。

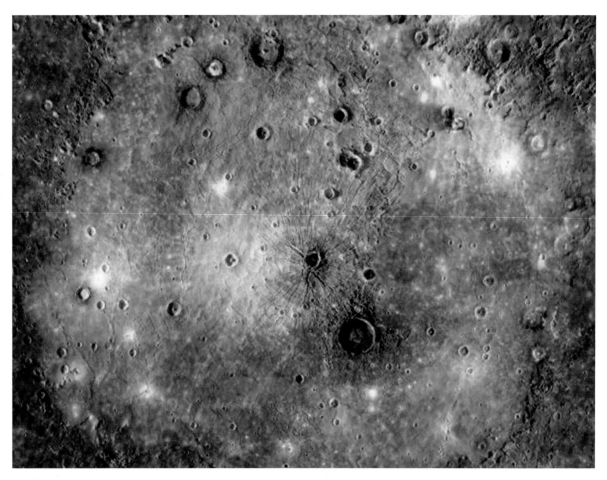

上图 水星上卡洛里斯盆地的非真实色彩图像，由信使号拍摄。橙色部分是很久以前熔岩冲刷过的区域。蓝色部分则为低反射性物质，是熔岩层形成之后，形成陨石坑的那些撞击将可能在熔岩层之前就存在的物质带出至水星表面后释放出来的。图片来源：美国国家航空航天局 / 约翰斯·霍普金斯大学应用物理实验室 / 华盛顿卡内基研究所。

上页 基于真实雷达影像创作的金星的艺术形象。

　　在我们开始探索类地行星之前，应该先了解一些与轨道有关的概念，这些概念适用于所有类地行星和气态巨行星，约翰尼斯·开普勒（Johannes Kepler）于 17 世纪初阐明的著名的行星运动三定律对其进行了总结。开普勒第一定律指出，所有行星都沿椭圆轨道围绕太阳运转（而不是圆形轨道——这是开普勒的伟大见解），而这些椭圆轨道具有一定的轨道偏心率，代表椭圆的扁平程度，其数值介于 0 到 1 之间。轨道离心率为 0 的是圆形轨道，离心率越大，这个椭圆形就越扁。太阳不在椭圆的中心，而是在一个称为焦点的非中心点上（椭圆形都有两个焦点，太阳处在其中一个焦点上）。太阳系中的轨道离心率不是特别大：水星的轨道最扁，其离心率为 0.21；其次是火星的轨道，离心率为 0.09；而其他行星的轨道离心率都特别小。因此，除了水星和火星之外，其他行星的轨道都非常近似圆形；而太阳虽

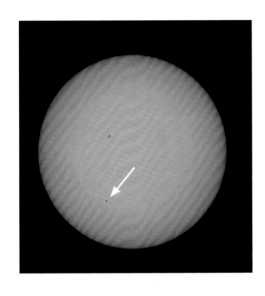

然不完全在椭圆的中心，但距离中心也不远。行星沿着椭圆轨道运转，一会儿距太阳近，一会儿距太阳远。行星距离太阳最近的点称为"近日点"，最远的点称为"远日点"。如上所述，除了水星和火星之外，其他行星在远日点和近日点同太阳的距离变化不大。

开普勒第二定律指出，行星离太阳越近，其在轨道上的运行速度越快；因此，它在近日点时速度较快，在远日点时速度较慢。

最后，开普勒第三定律指出，行星距太阳越远，轨道周期就越长，并定义了这两个量之间的数学关系。例如，水星的轨道周期，即它的"一年"，相当于不到88个地球日，而海王星则足足要有164.8年。

小水星

这颗离太阳最近的行星是一个干旱且荒芜的小世界。水星上布满着撞击坑，从某种角度看与月球相似。它也是体积最小、质量最小且唯一从未有空间探测器着陆过的行星。所以不偶然，这颗类地行星迄今为止还未曾引起人类的猜想——所有人都听说过火星人，甚至金星人，至少科幻迷们有时会谈到；而水星人却鲜少有人提及。可怜的水星，直径仅为4879千米，甚至比木星和土星最大的卫星木卫三和土卫六这两个天然卫星还要小。

拓展阅读 探索水星

美国国家航空航天局的水手十号是第一艘接近水星并从近距离展示水星表面的探测器；在1974年2月飞越金星后，它于1974年3月至1975年3月三次飞掠水星，靠近到距离水星表面只有327千米的位置。美国国家航空航天局的另一项任务——信使号，继续展开对水星的绘测工作，于2011至2015年绕水星运行，直至2015年4月撞击在了水星上。所以，从某种意义上讲，水星也被探测器"接触"过，但那并不是一次"着陆"。除此之外，信使号发现在水星极地地区的陨坑深处这些永远处于暗处的地方，存有少量水冰。

2018年10月20日，由欧洲航天局和日本航天局共同合作的贝皮科伦坡号发射升空。在飞掠金星之后，它于2021年秋季靠近水星，进行首次近距离接触；在短暂的接触后，将于2025年进入环水轨道。此次任务的目的包括研究水星的表面、内部结构和磁场。

作为离太阳最近的行星，我们可能会预想水星是最热的行星。但金星才是最热的行星，因为它有大气层，其中会发生温室效应，水星却没有（它只被一层稀薄的水蒸气包围，或者更恰当地说，应叫作"外逸层"）。

由于缺乏大气层，再加上白天和夜晚都很短暂，水星昼夜温差极大，毕竟没有任何东西能在夜间保存住白天的热量。水星上的最高温度是在近日点上太阳直射地区的温度，可达 430℃ ，而最低温度则约为 –170 ℃ 。缺乏大气层导致的另一个结果是水星表面大量的撞击坑，除了无法对水星起到保护作用外，大小不一的陨石和小行星碰撞留下的痕迹也不会像地球上那样被风或水的侵蚀抹去。因此，水星的表面有很多凹陷。但在暗处也有平原，这让人想起了月海。最重要的结构是所谓的"卡洛里斯盆地"，

水星数据

平均直径	平均直径（与地球的比值）	转轴倾角	自转周期（恒星日）	距太阳的平均距离	公转周期（恒星日）
4879 km	0.38	0.034°	58.6 天	5790 万千米	87.97 天
质量（与地球的比值）	平均密度	表面重力	大气层	表面气压	自然卫星
0.055	5.4 g/cm³	3.7m/s²	几乎没有	≤ 5×10⁻¹⁵ 巴	无

宽约 680 千米，之所以叫 "卡路里盆地" [1]，是因为水星每公转两周，到达距太阳最近的位置时太阳光都直射在这块盆地上。然而，水星也有一些有趣的特点，例如，它的内部构造十分独特。水星同所有的类地行星一样，也是由多层构成；这很类似洋葱的结构；但在它的地壳和地幔下隐藏着一个占其总体积 55% 的核；在行星中，它的比例是最大的。根据目前的理论，这一特征是由于水星在太阳系历史初期遭到了原行星的撞击，剥离了其大部分地壳和地幔。这并不奇怪，因为正如我们在前一章中所说的那样，当时有许多游离的原行星。水星的核心含有丰富的铁，一部分是固体，一部分是液体，并产生了稳定的磁场，但它的磁场强度只有地球的 1%。通常，行星磁场是由导电的液态内部区域进行旋转和对流运动产生的，所以在水星上，磁场就是由铁质的液体核心产生的。人们认为，太阳对水星的潮汐效应帮助了水星的核心保持液态。

水星的轨道最扁。它与太阳的最小距离为 0.31 个天文单位（约 4600 万千米），最大距离为 0.47 个天文单位（6980 万千米），差异显著。水星只需 88 个地球日就能完成绕太阳公转的旅程。这与水星十分缓慢的绕轴自转形成鲜明对比。事实上，水星上的一天超过了 58 个地球日，所以在水星上，一年只相当于一天半！换句话说，水星的自转同公转以 3:2 共振。也就是说，水星每公转太阳 2 周就自转 3 周。但要注意，这一命题成立是按照水星的恒星日，即以遥远的恒星——而不是太阳——作为固定参照物来测量自转所需的时间。如果以太阳作为参考，按照太阳日而不是恒星日来计算，事情就会显得更加奇怪：水星每公转 2 周就自转 1 周，即水星上一个太阳日持续两个水星年，大约相当于地球上 6 个月。

实际上，如果在水星表面，我们将看到太阳以极慢的速度徐徐升起、缓缓落

---

① 原文 "Caloris Planitia"，"caloris" 为拉丁语，原意为 "热"，因此该名称直译为 "热盆地"。——译者注

潮汐效应

　　潮汐的概念让我们想起了地球上受月球引力而起的海洋潮汐。但通常,任何两个天体之间都可以发生潮汐力,这是它们之间相互的引力作用所引起的,两个天体越近,引力就越大,而相距越远,引力就越小。

　　例如,在地月系中,月球对地球上的水系产生引力,并且在地球朝向月球的一面引力更大,另一面则更小。然而,引力的不同也对天体产生了"震荡"的效果,使其内部产生热量。除此之外,若时间足够长,潮汐力还会趋向于使相关的天体发生自转和公转同步,尤其当两者距离非常接近时更容易发生。自转与公转同步的例子之一就是月球,它始终以同一面朝向地球。地球也出于同样的原因逐渐放慢自转,并且在很长的一段时间内,都将试图回报月球,趋向于以同一面朝向月球。当然,如果在这之前,太阳还没结束自己的生命的话。

● 图片来源:美国国家航空航天局。

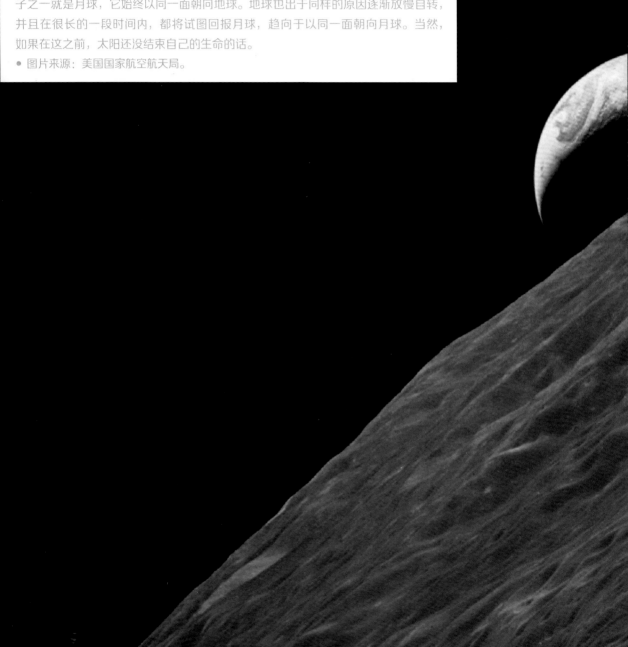

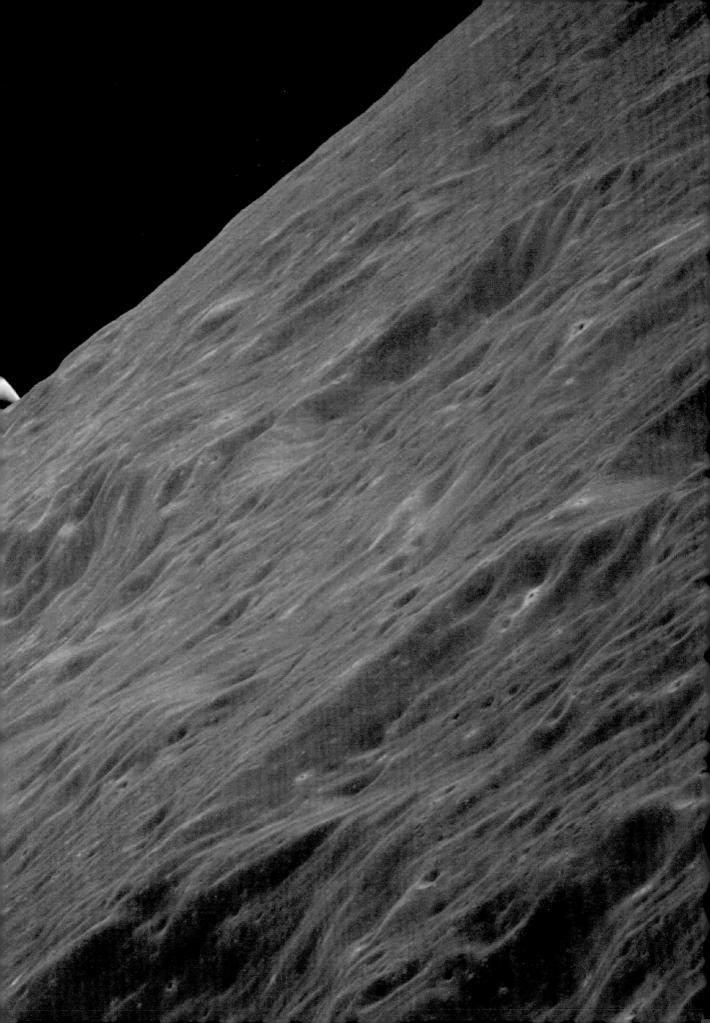

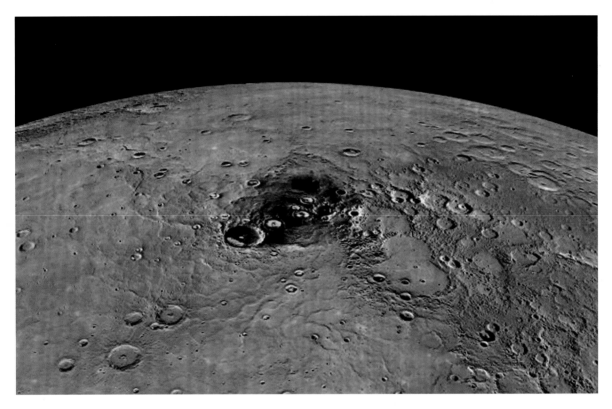

上图 信使号拍摄的水星北极地区。黄色部分表示存在水冰。图片来源：美国国家航空航天局 / 约翰斯·霍普金斯大学应用物理实验室 / 华盛顿卡内基研究所。

下；它需要约 3 个地球月的时间才能在天际划出弧线，而一旦夜幕降临，黑夜也会持续同样长的时间。

炼狱金星

乍一看，金星是与地球最相似的类地行星：它的平均直径是 12104 千米（地球直径的 95%），质量相当于地球的 82%。它看起来就像地球的双胞胎。直到 20 世纪 60 年代，都不能排除金星上甚至有生命形式存在，但后来发现，与地球相似的这一推测完全是虚幻的。实际上金星被一个密度极高的大气层所笼罩，并对金星表面产生 92 巴的压力，相当于 91 个标准大气压（为方便理解，这相当于地球海洋 900 米深的压力）。金星的大气层由 96.5% 的二氧化碳和约 3.5% 的氮组成，还掺杂着其他气体。过量的二氧化碳产生了非常强烈的温室效应，使金星表面的平均温度高达 460℃—470℃，赤道与两极之间的差异可忽略不计。总之，金星是一个名副其实的炼狱，比家用烤箱还热。

这还不是全部，在它的高层大气中有大量由硫酸液滴组成的云层，产生了强烈的反射（金星反射了大约 70% 的太阳光）。大气的密度和不透明度使金星表面接收到的光线非常少；尽管金星受到的光照强度约为地球的两倍，但金星表面上的亮度同地球上少云天气时的亮度相似，而能见度只有几千米。

人们认为金星的气候并不一直这样，在其诞生后的最初 20 亿年或 30 亿年里，它并没有这么热，也许甚至是适宜居住的，可能在表面还有一片浅水海洋。这是因为当时的太阳没有现在这么亮。由于太阳亮度的增加而导致的温度升高使金星海洋中的水部分蒸发，而水蒸气也是一种温室气体，这使温度进一步升高到不可控的程度，而水蒸发得也越来越快。金星上的液体水可能在约 10 亿年前被消耗殆尽。

金星温度的上升可能还导致了板块构造的消失——金星上现在并没有板块构造，但过去可能出现过。板块构造有助于将固定在岩石中的碳埋藏在深处；没有板块构造，随着二氧化碳含量逐渐升高，更多碳滞留在了大气中。而且，随着水的消失，这种温室气体也不可能再溶解在水里，而只能积聚在大气里。

大约 5 亿年前，金星表面结构发生变化，温度再一次急剧升高，随之而来的是大规模的火山爆发，使更多岩石中的二氧化碳被释放到了大气层中。总的来说，金星的现在和过去都备受争论；最近的一项研究（见 2019 年 4 月 3 日《科学》杂志第 608 期）提出金星的板块构造现在正在形成的假设。

用常规仪器从外面看是看不到金星表面的，因为金星表面长期被云层覆盖；但是雷达可以透过云层看到金星的表面。雷达显示在金星表面有很多大型火山，而且其表面似乎由于喷发活动而出现了改变。金星快车号探测器在 2008—2009 年对红外线中较亮（即热量较高）区域的观测表明，金星上的火山活动一直很活跃，同样，近几十年来观察到的大气中的二氧化硫（一种与火山活动有关的物质）浓度也在持续变化。休斯顿月球与行星研究所的贾斯汀·弗利伯托（J.Filiberto）及其同事于 2020 年 1 月在《科

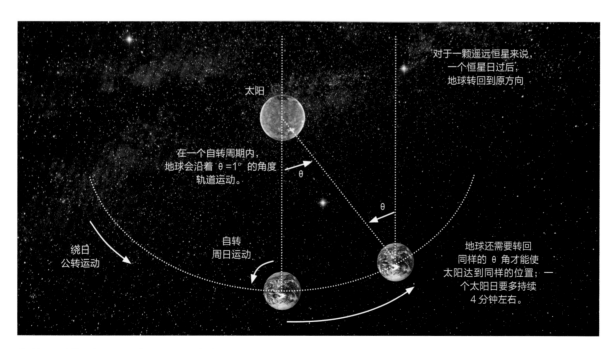

太阳

对于一颗遥远恒星来说，
一个恒星日过后，
地球转回到原方向

在一个自转周期内，
地球会沿着 θ=1° 的角度
轨道运动。

θ

θ

绕日
公转运动

自转
周日运动

地球还需要转回
同样的 θ 角才能使
太阳达到同样的位置；一
个太阳日要多持续
4 分钟左右。

上图 恒星日指的是对于一颗遥远恒星来说，行星自转回到同一位置所需要的时间；太阳日则是行星自转到同一地点面向太阳所需要的时间。这两个时间不同是因为行星自转时也围绕太阳公转，在绕日轨道上会有一段位移。以地球为例，它向右公转方向为逆时针方向，所以它的太阳日比恒星日更长。这与太阳系中除金星和天王星以外的行星一致；金星和天王星自转方向相反（逆行自转）——对于这两颗行星来说，太阳日比恒星日更短。（注意：图像大小未根据比例绘制）

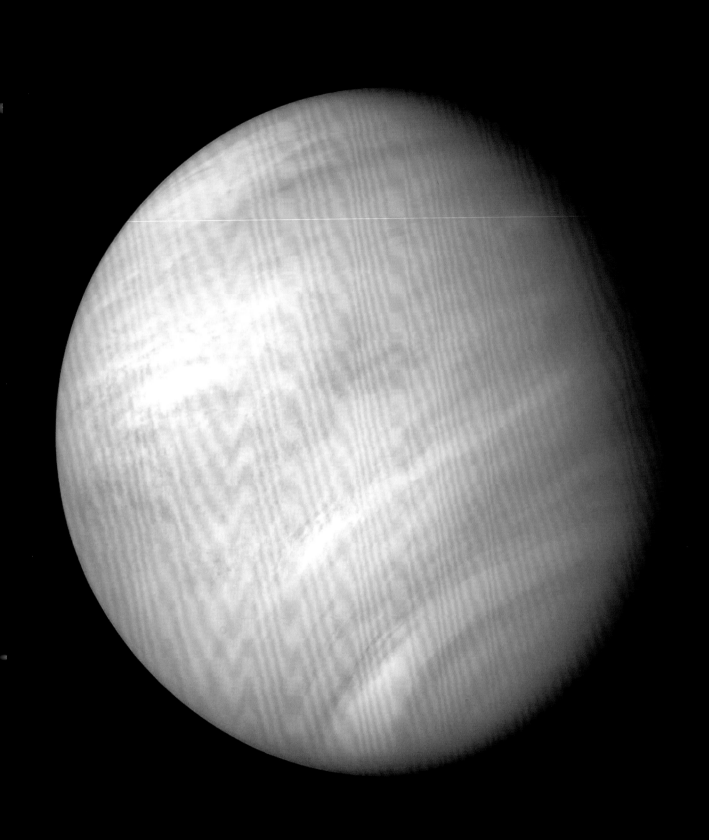

左图 20世纪60年代中期水手十号探测器拍摄的金星表面，近期进行了修复，以便更好地展示大气细节。图片来源：美国国家航空航天局/加利福尼亚理工学院喷气推进实验室。

下图 1975年10月22日金星九号探测器拍摄的几张金星照片之一。这些照片是历史上第一次从地球以外的行星上拍摄的照片。

金星数据

平均直径	平均直径（与地球的比值）	转轴倾角	自转周期（恒星日）	距太阳的平均距离	公转周期（恒星日）
12104 km	0.95	2.64°	243天（逆行）	1.082 亿 km	224.7 天
质量（与地球的比值）	平均密度	表面重力	大气层	表面气压	自然卫星
0.815	5.2 g/cm³	8.87m/s²	96.5% 二氧化碳；约3.5% 氮	92 巴	无

学进展》杂志上发表的一项研究为此提供了进一步的证据。

金星快车在可见光和近红外波段的测量结果显示，所观测到的一些熔岩流的年龄不可能超过几年，通过分析所得出的结论就是，金星上仍然存在火山活动。

金星土壤贫瘠且多岩石，地壳富含硅酸盐；下方是岩石物质构成的地幔和至少一部分为液体的金属核心，但未产生强大的磁场。

金星还有一个独特之处：它绕轴自东向西旋转（逆行自转），因此，如果从

拓展阅读
金星9号的活动

让探测器在金星降落，尤其是使其承受那里恶劣的环境条件，是一项艰巨的任务。而拍下金星表面的照片就更加困难。苏联的金星九号是第一个成功做到这一点的探测器。苏联从1961年就展开了对金星的探索计划，金星九号就是其中的一部分。经过几次尝试和失败后（几架金星系列探测器都坠毁在金星上），金星七号于1970年12月成为了第一个实现软着陆的探测器，进一步说，还是第一个落在其他行星上的探测器，但它并没有传回照片。直到1975年10月，金星九号才向地球传回了一些金星表面的照片。这些照片的画质现在看来有点可笑，因为我们必须要考虑到当时的拍摄条件和可用技术。金星九号探测器在金星表面坚持了53分钟，随后就被高温和压力吞噬。1982年，这项纪录被金星十三号打破——它在金星上运作了2小时7分钟。

之后，在1985年，苏联结束了对金星的探索计划，从此再也没有探测器降落在金星上了。但仍有其他探索任务对其进行了研究，其中就包括美国国家航空航天局的水手系列探测器，它们在20世纪90年代从太空中使用雷达技术绘制了金星的表面；欧洲的金星快车号在2006至2015年绕金星运行，对其大气和表面进行研究；日本的拂晓号探测器（或称作金星气候飞行器）自2015年12月以来一直在环金星运行，并从轨道上对金星大气展开研究。

金星上存在生命？

　　金星外表炽热，所以并不是我们第一个考虑去寻找生命迹象的地方。但在其高度为 50 千米的云层中（这里我们是把它想象成了"云层"），温度会下降到 0℃到 50℃，大气压力也与地球相似，甚至可以形成水滴。实际上，这是太阳系中不是地球但最像地球的地方。

　　金星上不能存有某种生命形式吗？1967 年，卡尔·萨根和哈罗德·莫罗维茨（Harold Morowitz）在《自然》杂志中写道，在寻找生命形式时必须考虑金星的云层，其他科学家也支持这一观点。2020 年 9 月 14 日，英国卡迪夫大学的珍·格里维斯（Jane S. Greaves）及其同事在《自然天文学》上发表了一篇文章，宣布通过射电观测在金星大气中发现了磷化氢（PH3）。这种气体可以通过闪电和火山活动等无机过程产生，但也可以通过生命形式产生，而检测到的量似乎无法用无机来源来解释。那么，我们在金星上发现生命了吗？这一点必须谨慎对待，而且要考虑在金星上是否还有未知的非生物过程在起作用，毕竟对于金星大气的化学成分我们仍知之甚少。

● 图片来源：欧洲航天局。

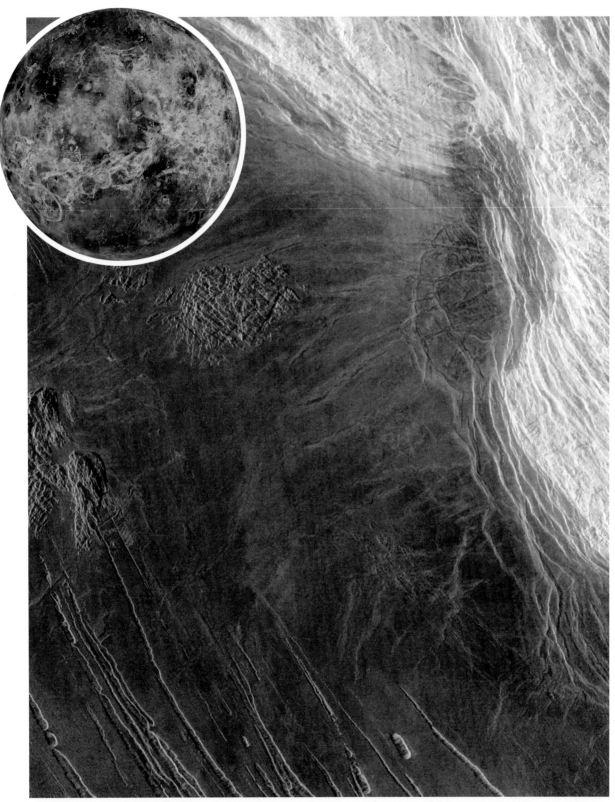

上图 圆圈部分：基于麦哲伦号探测器雷达数据绘制的金星地势图。红色部分地形更高，蓝色部分地形更低。图片来源：美国国家航空航天局 / 喷气推进实验室 / 美国地质调查局；大图：基于同样的数据绘制出的另一幅图像，展示的是吉祥天高原和麦克斯韦山脉，其高度达到了 11 千米，是金星上最高的地方。图片来源：美国国家航空航天局 / 喷气推进实验室。

下图 月相，由月球围绕地球公转产生。月相的周期，从一次新月到另一次新月，持续29天12小时44分3秒。

金星表面透过浓密的大气层能够看到太阳，那么太阳将会从西边升起，在东边落下。这可能是因为金星在诞生的早期阶段曾与一颗游荡的原行星发生过碰撞。

地球和月球

地球是一个非常特殊的行星，它是我们的家园。月球是它的同伴，为我们照亮了黑夜。即使我们不是天文学家，只要看一眼从太空拍摄的地球的照片，也会意识到展现在我们面前的是一个特别的存在。我们可以看到地球周围的云层，但不像金星那样厚重，而且能看到它下面有很大的液态水海洋。这个特征在太阳系中是独一无二的。我们的地球是"蓝色星球"，约70%的面积被大量的水覆盖。实际上，至少在太阳系中，只有地球融合了众多有利于生命发展的条件，例如，与太阳的适当距离能够保证气候适宜、液态水长期存在以及大气层中氧气充足。另外，富含铁的液态外地核通过运动产生了磁场，这种磁场环抱着我们的星球，保护大气免受太阳风粒子的侵蚀，无疑是有利于生命存在的。

其他的条件则不那么明显，也更具争议性。例如，相对来说月球距地球较近

地球数据

	平均直径	转轴倾角	自转周期（恒星日）	距太阳的平均距离	公转周期（恒星日）
	12742 km	23.44°	23 小时 56 分 4 秒	1.496 亿 km	365.26 天
质量	平均密度	表面重力	大气层	表面气压	自然卫星
5.97237×10^{24} kg	5.5 g/cm³	9.81m/s²	78.1% 氮 20.1% 氧 1% 水蒸气 其他少量气体	1.01325 巴	1

且质量较大，它的存在稳定了地轴，防止其过度甚至无序地倾斜。因此，我们应该感谢我们的天然卫星使气候在很长时间内保持相对稳定，有利于生命的发展。

另一个因素是板块构造的存在。它作为一种全球恒温器，在一定范围内稳定了地表气候条件。数十亿年前，太阳的亮度比现在略低，以至于海洋可能会结冰，而板块构造产生的火山活动向大气排放了二氧化碳，引起的温室效应使地表温度上升。同样，随着太阳最近（在天文学角度上看）变得越来越亮，地球上的二氧化碳溶于雨水后被固定在了地表，随后被板块俯冲机制带到地底深处。除此之外，板块构造引起的表面变化为释放重要营养物质打下了基础。总之，许多线索都表明行星的地质活动可能与行星上的生物活动有关。

月球的存在也可能以另一种方式帮助了地球上的生命发展。在过去，月球距离地球更近，而目前由于潮汐效应，它正以每年近 4 厘米的速度远离地球。月球离地球更近时，潮汐效应更强，大片沿海地区都受到了海水周期性涨落的冲击。可能就是这样导致了生态系统的出现，其中有在陆地和海洋接壤的地方出现的大型水洼和一些湿地，进而为早期生命形式的诞生和发展提供了条件。

月球对地球的这些影响并不令人惊讶，因为它是类地行星中唯一一颗大型卫星，也是太阳系中的第五大卫星。而且，它的质量相当于地球的 1/81，就卫星与行星的相对大小比例来说，它是太阳系最大的卫星。但不同于地球的是，月球没有大气层。

这就是为什么它的表面有很多撞击坑。

　　月球由月壳、月幔和月核组成，尽管人们认为，除了月核之外，月球的其余部分已经基本冷却，并且我们的卫星上没有火山活动和地震活动，但通过对可能由火山形成的、有上百万年之久的结构的观察，月幔比预想中的更热、更活跃的可能性再一次引发了讨论。

　　当然，在过去确实曾有过大规模的火山活动，而月海——肉眼可见的黑色斑块——就是一片由 30 亿—40 亿年前喷发出的玄武岩熔岩形成的广阔区域。

　　我们的卫星最奇怪的特点是它与地球构成了潮汐锁定，即它的自转周期与公转周期一致，也正是出于这个原因，它总是以同一面朝向我们，就好像被地球锁定了一样。我们将会看到，在气态巨行星的卫星中，由潮汐效应带来的这一特征是很普遍的。但事实上，月球并没有完全被地球锁定，而是会出现一些小摆动，这种摆动被称为"天平动"。周期同步意味着，若我们站在月球上，位于从地球能够看到的月球的可视面，那么地球在天空中看起来就是静止的，除非出现由天平动引起的微小摆动。而我们若是站在月球背面，就永远看不到地球。

跨页图 我们地球的活泼好动从宇宙中就能看到：这张由国际空间站于 2009 年 6 月 12 日拍摄的照片展示了千岛群岛上萨雷切夫火山的喷发。图片来源：美国国家航空航天局 /JSC/ 美国图像科学与分析实验室。

拓展阅读
奔向月球

最早征服了月球的是一些成功登陆月球的苏联探测器。1959 年 1 月，月球一号从距月球 6000 米处飞过，是首个接近月球表面的探测器。1959 年 9 月，月球二号在月面上坠毁，它是第一个到达另一个天体的人造物体（它的坠毁在意料之中，因为它没有用于制动的发动机）。1959 年 10 月，月球三号拍摄了第一批月球背面的照片。1966 年 2 月，月球九号在月球上首次实现软着陆并拍摄了照片。紧随其后的是同年 6 月的勘测者一号。20 世纪 60 年代末，美国的阿波罗计划开始，并将第一批人类送上了月球：1969 年 7 月，尼尔·奥尔登·阿姆斯特朗（Neil A. Armstrong）和埃德温·巴兹·奥尔德林（Edwin "Buzz" Aldrin）（见下图【CREDIT: 美国国家航空航天局】）抵达月球。在他们之前还有第一批"环绕"月球的人：1968 年 12 月，弗兰克·弗莱德里克·博尔曼二世（Frank F. Borman II）、小詹姆斯·阿瑟·洛弗尔（James A. Lovell Jr）和威廉·安德斯（William A. Anders）在环月飞行时，成为了最早亲眼看到月球背面的人。后来，直到 1972 年 12 月，又有 10 个美国人踏上了月球表面。目前，美国国家航空航天局提出，美国将作为领导者，带领其他国家航天机构为 2024 年人类重返月球作出努力。

最像地球的世界：火星

我们说过，火星人是外星人的别称，而且直到 19 世纪末，火星上有智慧文明的想法仍是非常普遍的。毕竟，火星上的一天只比 24 小时长一点；火星上有大气层，是除地球之外唯一一颗季节分明并在两极有冰盖的类地行星。这些迹象都表明火星与地球非常相似。但仔细观察数据就会发现它的体积只有地球的一半大，密度和质量都比地球小很多；它的大气层极其稀薄，由二氧化碳构成，而地表的平均温度约为 -60℃（在两极，冬季可降至 -140℃，但在赤道地区，白天甚至可升至 20℃—30℃）；而且没有磁场。至于火星人，很不幸，并不存在。

然而，火星是迄今为止太阳系中被研究得最多的行星，并在人类猜想中占有特殊的位置。因为火星毕竟是地球之外唯一一个环境不太极端的类地行星。但正如前面所说，与其说它是与地球最相似的，不如说它是"最不那么不同的"。例如，火星地貌在视觉上与地球上的沙漠地貌有一定的相似之处，尽管由于大气中悬浮的尘埃颗粒，天空呈现橙棕色。

但在某一时期，这种相似程度应该更大，因为有明确的迹象表明很久以前存在大量的液态水，即河道、河床、沉积物和河流三角洲形状结构。尽管它们已经干涸了，但显然是由液态水流动形成的。此外，在火星土壤中发现了黄钾铁矾和硫酸钙等矿物，它们都是在有水的情况下形成的。

而如今的火星是一个干燥、荒凉的地方，这是为什么呢？科学家们认为，数十亿年前火星的大气密度更高，能够产生更大的压力和更强的温室效应，并使水在更温暖的气候中保持液态。很有可能在火星的北半球还有一个被称为"古海洋"的巨型海洋，覆盖了近 1/3 或 1/4 的火星表面；这片区域现在位于北方荒原，其水平高度低于火星平均表面 4—5 千米。

大约 40 亿年前，也许是由于大型小行星的撞击，火星失去了地磁场，大气层直接暴露在太阳风下，被太阳风慢慢地侵蚀得越来越薄。液态水由于大气压力降低而蒸发，然后逸散到太空中，或由于温度较低而冻结。因此，如今在火星，尤其在高纬度地区的永冻层中富含大量水冰，而且它的极冠也主要由水冰构成。

左图 火星。这颗行星上的土壤是明亮的红棕色，因为其中富含氧化铁，含量之多使火星成为了名副其实的"红色行星"。图片来源：美国国家航空航天局 / 喷气推进实验室 / 美国地质调查局。

火星数据

平均直径	平均直径（与地球的比值）	转轴倾角	自转周期（恒星日）	距太阳的平均距离	公转周期（恒星日）
6779km	0.53	25.19°	24 小时 37 分 23 秒	2.279 亿 km	686.97 天
质量（与地球的比值）	平均密度	表面重力	大气层	表面气压	自然卫星
0.107	3.9g/cm³	3.72m/s²	95.97% 二氧化碳 1.93% 氩 1.89% 氮 其他少量气体	0.0064 巴	2

夏帕雷利和火星人

自 1877 年起，天文学家乔范尼·弗吉尼奥·夏帕雷利（Giovanni Virginio Schiaparelli）曾多次观察火星，并绘制了火星表面的地图。他特别注意到了一些笔直的结构，它们相交形成了网格。他将这些直线称为"水道"（意大利语 canali），这是一种很通俗的叫法，夏帕雷利其实并非想表达字面意义上的"水道"，毕竟他也不知道它们到底是什么。但消息传开后，这个词在翻译成英文时出现了错误，没有被译成"水道"（英文 channels），而是"运河"（英文 canals），意思是"人工水道"。这使公众更加坚定了火星上有火星人存在的想法。事实上，这些水道是夏帕雷利和他同时代的人在使用他们的望远镜时，把望远镜潜力推到极限后看到的一些视觉上的错觉。

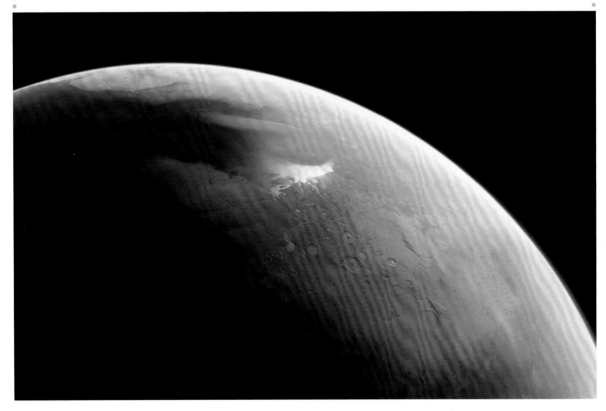

上图 40 亿年前的火星的艺术图像。可能当时北部极盖地区被一片广阔的海洋覆盖，其深度可能在 1.6 千米以上。图片来源：欧洲南方天文台 / M. Kornmesser。

然而，液态水并没有完全消失。我们在火星的土壤中发现了少量水，而天气比较热的时候，可以观察到深色的条纹，可以认为那是因为冰雪融化后，少量的液态盐水溢出了火星表面，而由于气压过低，盐水迅速蒸发了。亚利桑那州图森市行星科学研究所的诺伯特·施格霍夫（Norbert Schorghofer）于 2020 年 2 月发表在《天体物理学杂志》上的一项研究证实了这一假设。此外，在 2018 年还有人曾宣布，欧洲火星空间探测器的 MARSIS 测地雷达发现了一个信号，这个信号可以解释为来自一个 20 千米宽、位于南极冰盖下 1.5 千米处的液态水湖。2020 年 9 月，MARSIS 测地雷达在之前发现的湖泊附近还发现了其他三个小湖。

如今可以明确的一点是，火星曾经可以孕育生命，现在可能也可以，万一它们不再受稀薄的大气层的庇护，而是在地下找到了躲避太阳辐射的庇护所呢。

　　我们在火星表面发现了特别壮观的结构，比如水手峡谷，太阳系中最大的峡谷系构造之一，总长度超过 4000 千米，深度达到 7 千米；还有所有行星中最高的山——死火山奥林帕斯山，通过计算得出其高度在 21—27 千米，这一数值根据所采用的参考标准会有变化。火星上有几座巨型火山，但人类认为过去一度活跃的火山基本上已经停止了活动，这一点仍存有争议。奥林帕斯山——以及其他高度达到了 15—20 千米的火山——的极高高度，一方面是因为火星表面的重力比地球小，使山可以长得更高；另一方面是由于缺乏板块构造，这些火山为热点火山，其熔岩的喷发持续的时间很长，而且都聚集在了火星表面的同一点上。

拓展阅读
一起去火星

　　火星是太阳系中被最多探测器探索过的行星，探测器总数超过了 40 个。其中最重要的是美国国家航空航天局的两个海盗号火星探测器，它们于 1976 年 7 月和 9 月分别降落于火星上的两个不同地点。它们在火星表面做过四次实验来寻找火星土壤中的生命迹象，其中三次实验结果都否定了这一实验的命题，而剩余一个实验结果存疑，这就为发现生命迹象留下了可能。在近几年，美国国家航空航天局在火星表面放置了四辆漫游车（天体上的交通工具），分别是旅居者号（1997 年 7 月），勇气号和机遇号（2004 年 1 月）以及好奇号（2012 年 8 月，至今仍在使用）。此外，欧洲和俄罗斯联合的 ExoMars 任务原计划 2022 年把罗莎琳德·富兰克林号漫游车送往火星，它致力于寻找生命的形式，包括地下生命。与此同时，美国"火星 2020 任务"的火星车毅力号、载有火星车的中国天问一号以及阿联酋的"酋长国火星任务"都已经发射升空。其中，前两个探测器的任务的目标包括寻找火星土壤中的生命迹象，而第三个探测器将研究火星的大气和气候。它们都在 2021 年 2 月抵达火星。

下图 好奇号火星车在火星上。图片来源：美国国家航空航天局 / 加利福尼亚理工学院喷气推进实验室 /MSSS。

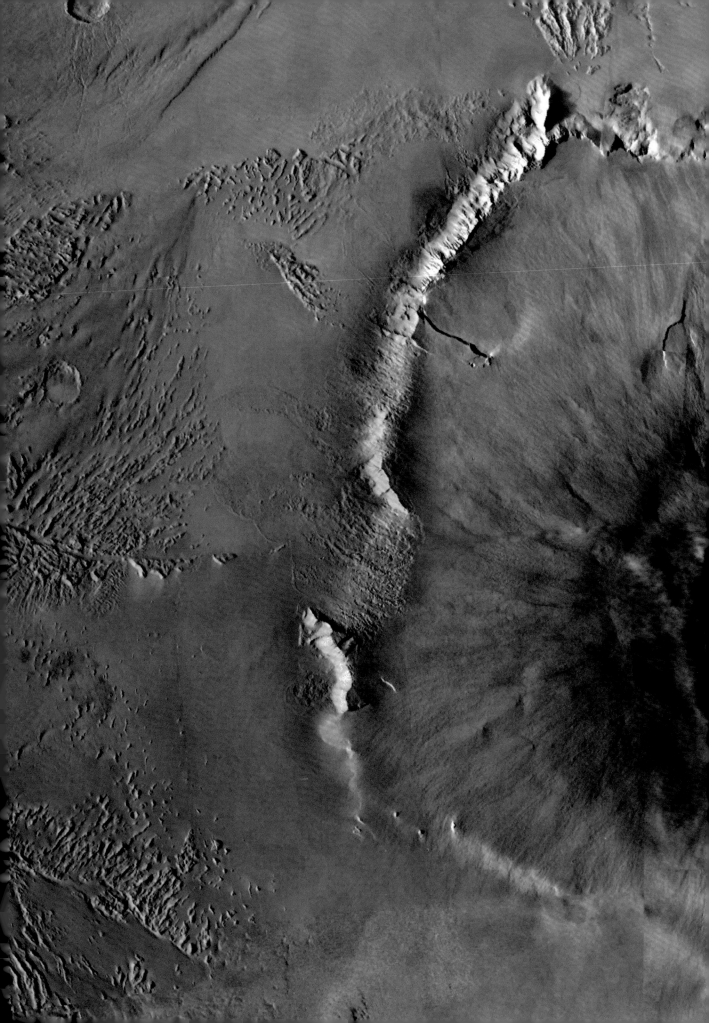

奥林帕斯山

　　火星上的奥林帕斯山，太阳系所有行星上最高的山，由海盗一号探测器拍摄的几张照片合成。奥林帕斯山是一座宽约 600 千米的盾状火山。尽管它有 20 多千米高，但由于规模巨大，它的坡面不是很陡，以至于一个人站在山顶时都不会意识到自己是站在山上，因为他只能看到火山坡面的景象，看不到火星表面的其他东西。

● 图片来源：美国国家航空航天局。

第三章

气态巨行星

太阳系中更大的行星被称为"气态巨行星",它们是木星、土星、天王星和海王星。它们都没有固态表面,且都伴随着许多卫星和环形系统。

　　我们在太阳系的旅程向远离太阳的一侧前进，就到达了另一个天体家族面前：气态巨行星。这样的行星共有四颗：木星、土星、天王星和海王星，但后两颗有时会被归为一个稍有不同的类别，即冰巨行星，因为它们的结构不同于木星和土星，这一点我们将会在后文中看到。

　　这四颗行星都有主要由氢和氦组成的外气态层，而且它们都没有固态表面；因此，飞船无法在上面"着陆"；如果试图着陆，飞船就会沉入行星内部并被里面的热量和压力摧毁。

木星，行星之王

　　木星的名称（Giove，英语为 Jupiter）来自希腊罗马神话中的众神之王宙斯的名字，而它也完全符合这一形象。木星并不满足于担任众行星中体积最大和质量最大的那一个，它还要再庞大一些。实际上，它的质量大于行星系中其他所有质量的总和，甚至还大于它们质量总和的两倍。也就是说，如果我们把其他所有的行星糅在一起，再加上它们的卫星，还有矮行星、小行星和彗星，我们将得到一个"大行星"，但它的质量还是达不到木星质量的一半。木星的大小也不是开玩笑的：它的平均直径是地球的 11 倍。由于木星由液体物质组成，并且处于快速自转当中，所以它非常扁，赤道直径比极地直径超出了约 7%。

　　木星尽管如此宏伟，但仍然是一颗行星，并不像人们过去所说的那样是一颗失败的恒星。想要理解这一点，只要将它与所有恒星中那些体积最小、质量最小的恒星进行对比就能看出来：这些恒星的质量

木星数据

平均直径	平均直径（与地球的比值）	转轴倾角	自转周期（恒星日）	距太阳的平均距离
139822 km	10.97	3.13°	9.925 小时	5.2 个天文单位
公转周期（恒星日）	质量（与地球的比值）	平均密度	表面重力	已知卫星数量
11.862 年	317.83	1.33 g/cm³	24.79 m/s²	95颗

大约是木星质量的 80 倍（而太阳的质量则是木星质量的 1000 倍）。要想找到与恒星的共同点，那将涉及它们的化学成分：木星主要是由氢（70%—75%）和氦（约 25%）组成，在这一点上它确实与恒星相似。其实在太阳系中，化学构成反常的实际上是类地行星，这是由它们诞生的形式决定的。

观察木星就像在看一幅抽象画。我们看到它外气态层的上层区域展现出一幅由不同颜色的斑点、椭圆及明暗带纹交织而成的瑰丽画面。不同纬度上平行排列的浅色区域被称为"区"，而深色区域被称为"带"。赤道上下两条看起来像是将木星束住的带被称为"赤道带"。这些不同结构的动态变化非常复杂，而且木星的大气中还测到了最高达 500 千米 / 小时的疾风；但其中有一些，尽管随时光流逝发生了变化，都基本上是始终可见的，因此这些结构是永久的——至少在几十年或几个世纪的时间中如此。

木星的外层由三"层"约 70 千米厚的云层组成。人们认为，最上层是由氨晶体构成，中间层则是氢硫化铵晶体，而最下层是冰晶和水蒸气。这些水云是在木星上观察到的闪电的来源；这些闪电的强度可能是地球上的 1000 倍。另外，闪电也正是宙斯的能力之一。

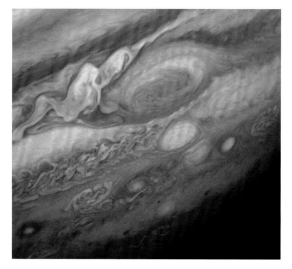

浅色区是那些上层存在氨晶体层的区域，而深色带上则没有这一层的覆盖。后者的橙棕色是由被称为"发色团"的成分决定的，这些成分在太阳的紫外线辐射的照射下就会呈现这种颜色。我们不知道这些成分到底是什么，但它们很可能包含磷和硫。大自然还不想透露它描绘这幅非凡画卷所用的颜料配方。

木星上有一种大气结构比其他任何结构都更能代表这颗行星，它就是著名的大红斑，一个位于南半球

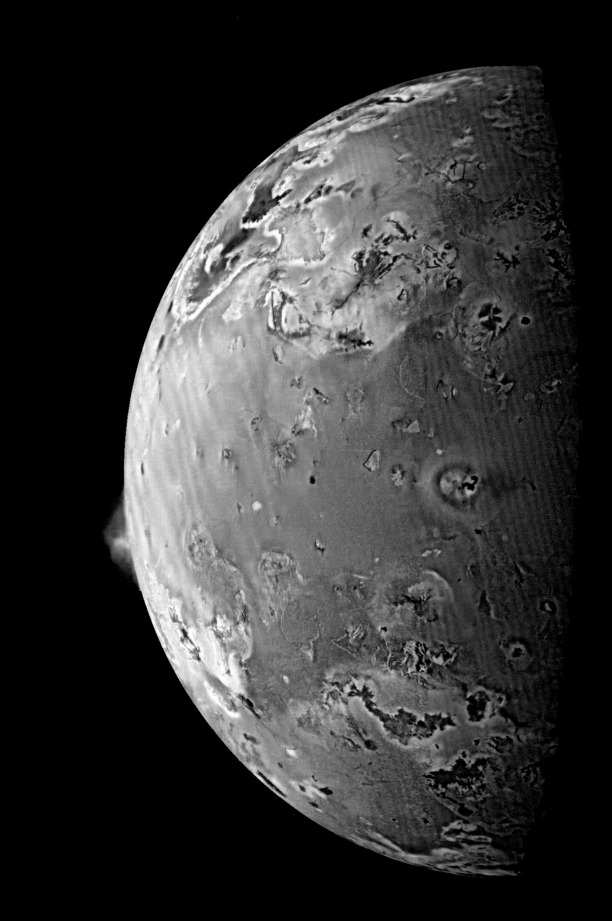

的反气旋旋涡，自 17 世纪被发现以来，人们就一直在观测它。它比周围的气体更冷，这表明它的高度更高（它比周围区域高出 8 千米）。人们不确定它是否为一个永久性结构，因为它只在过去几个世纪才刚开始被观察到。模型表明它可能是永久的，但观测结果却显示它的体积正在变小；在 20 世纪 70 年代，它大约是地球的两倍大，而最近几年它变得只比我们的行星稍大一点了。

在这些气层下，压力增大以至于气体转化为了液体。气体到液体的转变并不分明，而是逐渐发生的；气体逐渐凝结，直到最终形成了太阳系中最大的海洋。但它不是水的海洋，而是由氢和氦构成的海洋。在海洋更深处，不断增加的压力将电子从氢原子中剥离，液态氢变成了导体，这就是为什么这种氢被称为"金属氢"。金属氢的运动为木星产生了磁场，其强度是地球的 14 倍，是行星中最强的。木星的中心可能有一个岩石核，这符合行星吸积理论：在木星形成时，这个核可能以其重力作为原始星云中气体的聚集点。但朱诺号探测器对木星引力场的测量表明，木星的核其实是由液态氢和铁、硅酸盐等固体物质构成的"混合物"，这种混合物可能从内而外延伸到了接近木星半径一半的地方。

2019 年 8 月，中国珠海中山大学的刘尚飞和他的团队在《自然》杂志上发表了一篇文章，他们在文章中对这种特殊的结构做出了解释，即最初存在一个固体核，但可能在与原行星的撞击中被摧毁了。

木星的卫星

木星作为太阳系中最大的行星，它的已知天然卫星数量非常多，有 95 颗，仅次于拥有 82 颗天然卫星的土星。这个数字仍然不确定的，随着新卫星的发现，这些数字也在增加，而且很有可能还会增加。这两颗行星会互相追逐，争夺卫星数量的霸主之位。

在木星的卫星中有四颗较大，由伽利略在 1610 年用望远镜发现，即所谓的"伽利略卫星"或"美第奇之星"，因为它们是这位天文学家献给科西莫二世·德·美第奇（Cosimo II de' Medici）的。按距木星的距离排列，它们分别为木卫一艾奥、木卫二欧罗巴、木卫三甘尼米德和木卫四卡利斯托。在研究木星这样一颗非凡的行星时，人们可能会认为它的卫星没那么有趣。

没有比这更错的了！伽利略卫星都是很非凡的天体。木卫三是太阳系中最大的卫星，甚至比水星这

木卫一的火山

由于潮汐而受到的强烈震动使木卫一成为太阳系中火山活动最强烈的地方。这一方面是由木星所致，尽管木卫一总是以同一面朝向木星，但它的轨道离心率使它的位置略有摆动，并使它与木星的距离发生了略微的改变，这便引起了震动。另一方面是由其他的伽利略卫星所致。热量以火山的形式释放，火山将物质喷射至数百千米的高空，并形成了长达数百千米的熔岩流。木卫一表面的暗黄色由硫化合物所引起。

左图 这张由伽利略号探测器拍摄的照片显示了木卫一表面的一部分，在左侧能明显看到一座火山正在喷发。图片来源：美国国家航空航天局/喷气推进实验室/亚利桑那大学。

木星和木卫二

　　旅行者一号探测器拍摄了木星的这一壮观画面，可以看到它前面的卫星木卫二，尽管它几乎和我们的月球一样大，但与木星的磅礴气势相比就显得非常渺小。在木星上看到的阴影是由它的另一颗卫星木卫一投射的，但木卫一并没有出现在照片中。伽利略卫星的轨道周期比较短（木卫一只有 1.77 天），它们通过木星和太阳之间与其排成一条线，将自己影子投射在木星上的场景并不罕见。

● 图片来源：美国国家航空航天局／旅行者 1 号／加利福尼亚理工学院喷气推进实验室。

颗行星还大。木卫一是太阳系中火山最多的天体，如果太空旅游梦能实现的话，木卫一对那些热衷于寻求刺激的人来说是个不错的地方。如果有人去到木卫一，至少是在木卫一对着木星的那一侧，他就会看到，天空中的木星要比从地球看到的月亮还大 37 倍。

　　事实上，木卫一与其他伽利略卫星一样，都围绕着木星潮汐锁定，这是由于木星系统中存在强大的潮汐效应。而木卫二也很特别。它的表面被厚达 10—30 千米的冰层覆盖——在距离太阳这么远的位置上，木卫二的表面平均温度约为 –170℃。伽利略探测器在太空的测量结果表明，该冰层下方存在一种导电物质，这种物质被认为是盐水，而且在冰层中所观测到的运动也说明冰层下有一个液体层。这片海洋覆盖了整个木卫二，其深度为 50—100 千米。水没有结冰是由于内部的热量对水进行了加热，而这种内部热量则可能来源于木卫二与木星和其他伽利略卫星的潮汐摩擦所致的海底火山喷发。液态水的存在以及木卫二的地下海洋与某些地球环境的相似性，使得这颗卫星在理论上成为太阳系中除地球外最适合生命存在的地方之一。天文学家的梦想是向那里发射一个能穿透冰层的探测器，或许会再发现某种生命形式。人们还认为，这种冰壳覆盖下的海洋可能在木卫三和木卫四上也存在。

　　木星也有一个非常稀薄的环系统，由尘埃颗粒和小岩石碎片组成。这些颗粒和碎片可能是由卫星碎裂的颗粒构成的。

拓展阅读
探索气态巨行星

　　对气态巨行星的探索我们可以分为两个阶段：第一阶段是首批探测器只对它们进行短暂掠过的开拓阶段；第二阶段是探测器开始进入轨道绕其飞行的巩固阶段。开拓阶段始于先驱者十号和先驱者十一号的发射，先驱者十号于 1973 年 12 月飞掠木星，这是历史上的首次；而先驱者十一号还飞掠了土星。随后是旅行者一号和旅行者二号探测器。旅行者一号只致力于对木星和土星这两颗行星的探测，旅行者二号则分别于 1986 年 1 月和 1989 年 8 月飞掠了天王星和海王星，是迄今为止唯一一个靠近过太阳系中最遥远行星的探测器。这一壮举在当时得以实现是因为那些年间这两颗行星几乎在一条线上。这种情况再次发生将会是 22 世纪中期，所以人们当时认为：要么现在就去探索，要么就再等一个半世纪以上。

　　在巩固阶段，主人公则变成了伽利略号和卡西尼号探测器，它们分别于 1995 至 2003 年和 2004 至 2017 年绕木星和土星飞行。随后木星还有了第二个轨道探测器——朱诺探测器，目前仍在运行。

上图 1977 年 8 月 20 日，旅行者二号探测器发射。图片来源：美国国家航空航天局／加利福尼亚理工学院喷气推进实验室。

土星，最壮丽的行星

我们都亲眼见过天空中的土星。这颗行星看起来像一个光点，每年都有一段时间可以在夜空中看到它。但它很难被辨认出来，因为用肉眼看不到土星环。但是任何有幸通过望远镜观察它的人都不会忘记漆黑的太空中土星环悬浮在土星周围的景象。

从质量和大小上来看，土星是第二大行星。和木星一样，土星也进行高速自转，并由流体物质组成，呈扁平状，它的赤道直径比极地直径大 11%。

土星的结构与木星大致相似：有一个主要由氢和氦组成的外气态层，它覆盖着一部分液态氢，而随着深度和压力的增加，液态氢变成金属氢。人们认为在土星的中心有一个固体核，其大小是地球的2倍，但质量却比地球大 10 倍到 20 倍。

下图 强调地球与土星大小差异的合成图像。图片来源美国国家航空航天局 / 喷气推进实验室 / 空间科学研究所。

外星通信

旅行者号探测器们至今仍在继续它们的旅程，也与我们一直保持着联系。通过这种联系，我们知道旅行者1号和2号分别于2012年8月和2018年11月到达了星际空间。为了有一天能够找到外星人，两艘旅行者号都载有一张金唱片，上面刻录着地球的声音和图像，展示了人类、动物等我们星球的情况。一路平安！

由于土星的质量比木星小，内部压力更低，导致土星中金属氢的区域范围更小。金属氢比上层的液态氢密度大，但由于量少，土星的平均密度很小，为 0.69 克 / 立方厘米，甚至低于水的密度，这在太阳系中是一个特例。换句话说，木星比土星大得多（三倍以上）的质量，并未完全由更大的体积呈现出来，而是由于重力，木星的内层受到了更强的压缩。

土星的大气层与木星相似，最上方的云层由氨的冰晶组成，较低层的云则由硫化氢铵和水组成；但总体而言，土星的大气层结构比木星更稀薄，也更混沌。尽管如此，土星上曾测得了 1800 千米 / 小时的风速，仅次于海王星上的风速。在北极地区，北纬 78° 的地方，旅行者一号发现了一个不寻常的六边形结构，边长约 14800 千米。人们猜测它是由一股移动速度为 300 千米 / 小时的喷射气流形成的大气波，在其内部还伴有旋涡。

上图 卡西尼号探测器在北极拍摄的土星六边形结构。图片来源：美国国家航空航天局/加利福尼亚理工学院喷气推进实验室/SSI。

右图 土星和它的三个卫星。从上到下分别是土卫三（其影子投射在土星上）、土卫四和土卫五。图片来源：美国国家航空航天局/喷气推进实验室。

许多环

实际上，土星环是由许多同心环组成的，这些同心环由大量的小水冰碎片和极少量的岩石物质组成，其大小从不到 1 微米到几米不等。如果有一天我们去往土星，我们要抵挡住将土星环碎片作为纪念品带回家的诱惑，这既是出于对这个绝美地方的尊重，又是因为碎片会在宇宙飞船的高温下熔化，只剩下一点点水。

环带的主要部分位于距土星表面 7000—80000 千米的位置，这意味着它们的直径约为地球的 20 多倍。尽管土星环范围很大，其总质量却出乎意料的小，

土星数据

平均直径	平均直径（与地球的比值）	转轴倾角	自转周期（恒星日）	距太阳的平均距离
116464 km	9.14	26,73°	10.561 小时	9.6 个天文单位
公转周期（恒星日）	**质量与地球的比值**	**平均密度**	**表面重力**	**已知卫星数量**
29.457 年	95.16	0.69 g/cm³	10.44 m/s²	82

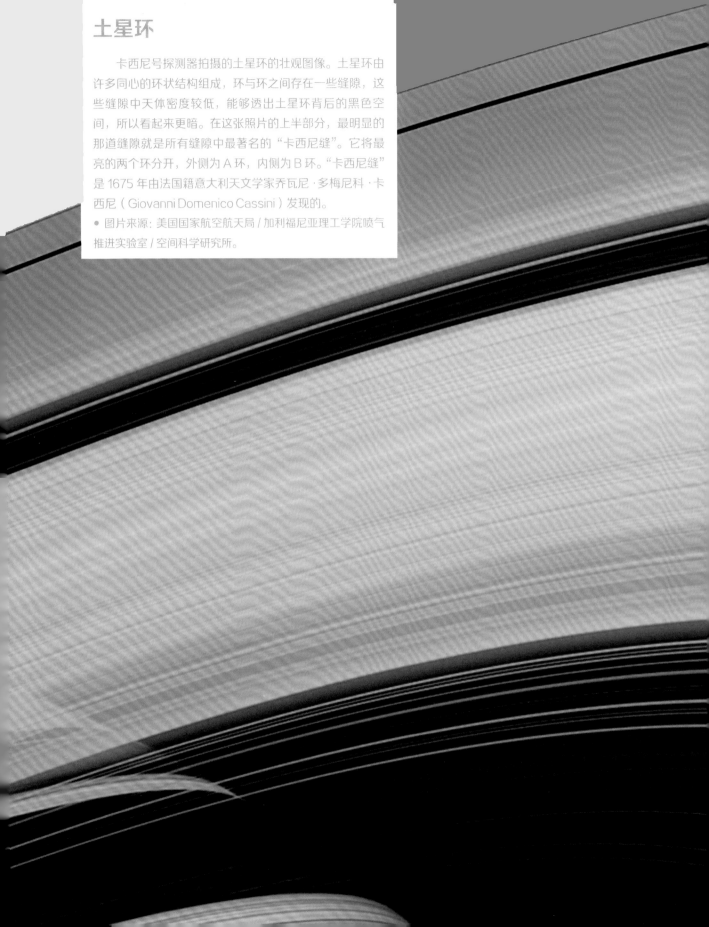

土星环

　　卡西尼号探测器拍摄的土星环的壮观图像。土星环由许多同心的环状结构组成，环与环之间存在一些缝隙，这些缝隙中天体密度较低，能够透出土星环背后的黑色空间，所以看起来更暗。在这张照片的上半部分，最明显的那道缝隙就是所有缝隙中最著名的"卡西尼缝"。它将最亮的两个环分开，外侧为 A 环，内侧为 B 环。"卡西尼缝"是 1675 年由法国籍意大利天文学家乔瓦尼·多梅尼科·卡西尼（Giovanni Domenico Cassini）发现的。

● 图片来源：美国国家航空航天局 / 加利福尼亚理工学院喷气推进实验室 / 空间科学研究所。

只有土星质量的 250 亿分之一，也就是地球的 240 万分之一。

　　原因在于土星环非常薄，但它的厚度其实并不均匀，从 1 千米到甚至 10 米以下！但是土星环的起源是什么？有两种对立的理论。第一个理论认为它是土星的"自带装备"，也就是说，自土星诞生以来就一直存在。

　　第二个理论认为土星环是一种过渡性现象，是不久前一个太阳系外层的冰天体——可能是一个彗星——被运行轨道送至过于接近土星的地方而分裂成碎片，再被土星的潮汐效应摧毁后形成的。无论出于何种原因，"新"环的假说在最近都有所发展。在卡西尼号探测器潜入土星并于 2017 年 9 月 15 日

拓展阅读
菲比环

　　在土星环众多不太容易看到的环中，有一个环延伸范围极广，即菲比环。菲比是土星的一颗小型外侧卫星，其轨道与土星的距离是土星半径的 180 倍到 250 倍。2009 年，借助斯皮策红外空间望远镜，人们在菲比的轨道内侧发现了这个由极其稀薄的物质构成的环，它距土星的距离为土星半径的 128 至 207 倍，并与其他环所在平面呈 27° 夹角。人们认为菲比环是卫星菲比与落在这颗卫星上的陨石发生碰撞所产生的颗粒迸发至太空中而形成的，并且可能还会延伸得更远。

下图　菲比环的艺术图像，在中间可以看到"小"土星。图片来源：美国国家航空航天局。

上图 卡西尼号探测器在特定的红外波段拍摄的土星最大的卫星——土卫六的表面。在它的北极地区可以看到由甲烷形成的湖泊和海洋，而白色带状区域由甲烷云形成。图片来源：美国国家航空航天局/加利福尼亚理工学院喷气推进实验室/空间科学研究所。

损毁之前，它曾多次进入土星和土星环之间的区域，测量了形成土星环的小水冰中存在的岩石杂质的百分比，以及撞击它们的微陨石和形成杂质的微陨石的比例。换句话说，如果知道土星环有多"脏"以及它变脏的速度，就可以知道它存在了多久。这有点像观察雪地来确定雪是多久前下的一样，如果雪洁白无瑕，一定是不久前下的；如果已经被灰尘弄脏，那下雪肯定是很长时间以前的事了。通过这一研究和其他论据，最近一些研究认为土星环的年龄还不大。例如，罗马智慧大学的卢西亚诺·伊耶斯（Luciano less）及其同事在2019年6月刊发在《科学》杂志上的文章中指出，土星环的年龄只有1000万年到1亿年。假设取最大值1亿年，也就只是太阳系45.7亿年历史中的2.2%。这就好比说，如果土星是一位46岁的先生，他只是在去年才拥有的光环。或者说，如果在恐龙时代有望远镜，大多数恐龙看到的就是没有环的土星。

　　但并不是所有人都同意这个观点，有人设想了能够帮助土星环进行自我清理的机制，因此，即使土星环非常古老，也可能只含有少量杂质；还有人只是观察到微陨石落下的比例有可能随着时间发生了变化。归根结底，这个问题仍没有定论。而土星环在未来还会存在多久？我们知道它在失去一些碎片，这些碎片散落在了土星上；通过我们从地球上的观察，科学家们估算出，每小时落在土星上的冰融化后足以填满一个大游泳池。

　　按照这个速度，几亿年后这个环将不复存在。而卡西尼号探测器估算出的数值则更高，每两分钟就

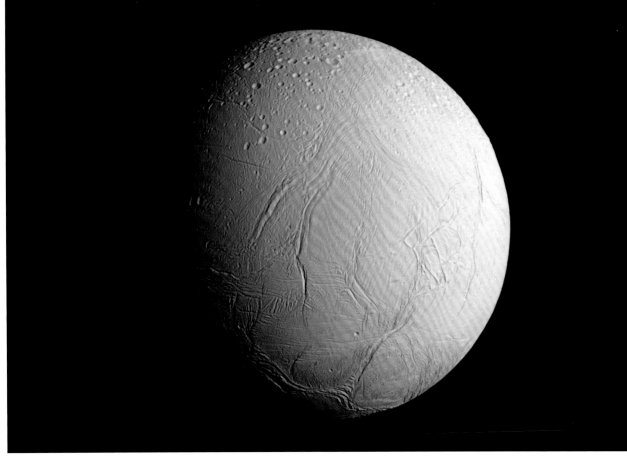

上图 卡西尼号探测器拍摄到的被冰覆盖着的土卫二。图片来源：美国国家航空航天局 / 喷气推进实验室图像期刊

能填满一个游泳池，这将使土星环的剩余寿命减少到 1 千万年出头，而根据其他估计，甚至可能只有 10 万年。无论如何，能够生活在土星有光环环绕的年代，我们真的很幸运！

土星的卫星

如前所述，土星已知有 82 颗天然卫星，比太阳系中任何其他行星都多，但正如我们之前看到的，这一精准的数量没有多大意义。事实上，有很多几百米大小的小卫星隐匿在土星环里。土星最大的卫星是土卫六泰坦，是太阳系中第二大的卫星，体积比水星还大，也是唯一一颗覆盖有真正大气层的卫星，而且它的大气层比地球大气层的密度还要大。它还保持着另一项纪录：除月球外唯一一颗曾有探测器着陆的卫星。到达土卫六的是 2005 年 1 月同卡西尼号探测器分离的惠更斯号着陆器。土卫六有一个冰外壳，在冰壳下 50—80 千米处有一个盐水海洋，与木卫二非常相似。而土卫六厚重稠密的大气层则表明它的表面特征与木卫二截然不同。这层大气由 97% 的氮气、2.7% 的甲烷和其他包括碳氢化合物在内的微量气体组成。在高于地球 1.5 倍的大气压和 −180℃ 左右的温度条件下，甲烷和乙烷能够冷凝并形成湖泊和海洋，这是迄今为止在地球以外唯一一个直接观测到的稳定的液态结构。土卫六上最大的湖泊被称为"克拉肯海"，面积为 40 万平方千米，是北美五大湖的两倍还多，甚至比意大利的国土面积还大。通过对甲烷云的观察发现，土卫六上这种物质的循环与地球上的水循环相似；这对于寻找地外生命来说也是一个有意义的因素。

事实上，谈及地外生命时，人们普遍认为它们的生命化学成分和地球上的生命一样，是水基的。在土卫六的冰壳下有一片海洋，与木卫二很像，也有可能承载生命形式；一些专家认为液态甲烷可以作为代替水的化合物去承载生命的复杂化学活动，因此在这一方面，地表湖泊的存在就非常有意思。实际上，土卫六上可能存在以水或以甲烷为基础的生命，或者两者同时存在，但有两个彼此不相容的生物圈：一个是冰壳下海洋中的水基生命，另一个则是地表生命，以甲烷为生。

土星的另一颗卫星，土卫二恩克拉多斯，情况也很有趣。这颗平均直径为 504 千米的小卫星也被冰壳覆盖，人们认为在它的冰壳下也存在液态水海洋。由此看来，对木星和土星的卫星的探索成为21 世纪最引人注目的太空探索目标之一就不足为奇了。

蓝色两兄弟之安静的天王星

天王星和海王星是太阳系中迄今为止我们最不熟悉的行星。它们距离地球很远，受到的光照也因为与太阳距离遥远而非常少，所以只有旅行者二号探测器曾短暂地掠过它们，而且行星当中只有它们两个从未有过能够长时间近距离收集它们数据的轨道探测器。天王星和海王星大小相似，颜色也几乎相同，天王星是浅浅的天蓝色，海王星则是深蓝色，所以它们看起来像两个兄弟，但我们将会看到，它们其实有着不同的特质。

天王星是安静的类型。1986 年 1 月，当旅行者二号探测器即将飞过时，天文学家们激动地屏住了呼吸，因为这是第一次飞掠，谁知道探测器会发现什么不可思议的细节。但他们收到图像时却有点失望，因为图像显示的只是……一个天蓝色的大球。当时天王星呈现的颜色确实很均匀，几乎没有明显结构，但后来从地球上用望远镜观察却看到了更多的结构。除此之外，天王星异常寒冷，曾经测量到-224℃的温度，是所有行星中测得温度最低的，但通常天王星表面的平均温度固定在 -200℃ 左右，与海王星相似，但海王星离太阳更远，接收到的热量还不到天王星的一半。

实际上，海王星与木星和土星一样，也有内部热量，它向太空释放的热量比从太阳接收到的热量还要多，而天王星则几乎完全没有热量。这可能是由于天王星在它自身历史的早期阶段受到过撞击，将大部分内部热量都释放出去了。总之，天王星并不是太阳系中最活跃、最"热情"的地方。

用肉眼观察行星

金星是天空中除太阳和月亮之外最亮的天体。它与太阳的距离从未超过 47° 的夹角，但非常明亮，即使在黄昏时也能看得非常清楚。紧随其后的是木星，它最亮的时候比夜空中最亮的天狼星还亮 3 倍到 4 倍。火星也达到了类似的亮度，但通常没有木星那么亮。土星也比较亮，亮度类似于织女星或者南河三。水星还算明亮，但它与太阳的距离从未超过 27° 夹角，所以只能不时地在日落后或日出前短暂地看到它。天王星虽然肉眼可见，但也只是与最暗淡的恒星一起飘浮在极暗的夜空中。而最后的海王星则无法用肉眼看到。

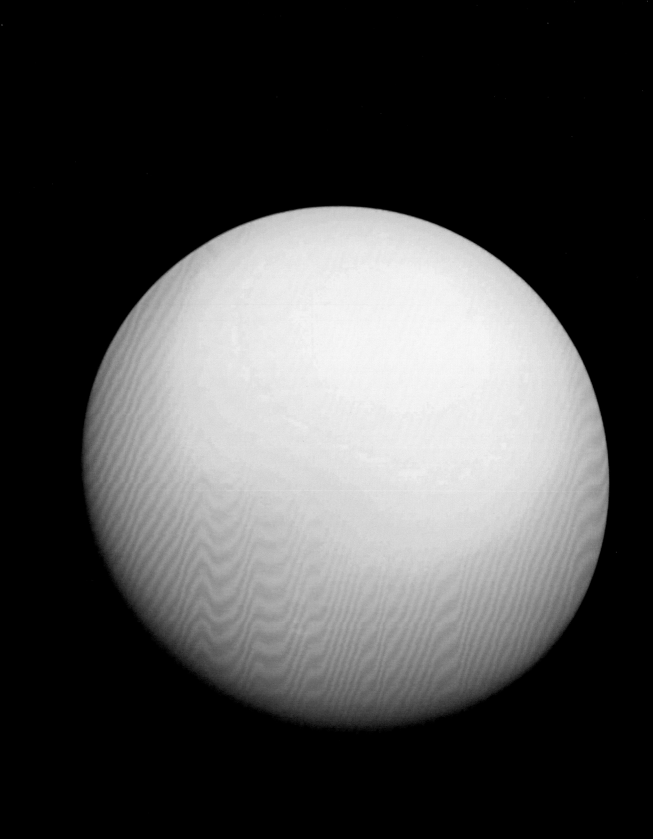

天王星的外层主要由氢和氦组成，但也有2%—3%的甲烷。甲烷吸收了阳光中的红光并反射出蓝光和绿光，于是天王星呈青绿色。它的平均密度是 1.27 g/cm³，高于土星的密度，这表明天王星内部有更致密的物质。事实上，我们发现天王星的地幔并不是像木星和土星那样由液态氢组成，而是一种主要由水、氨和甲烷组成的所谓的"冰"构成的，但此处的"冰"不应被理解为通常意义上的冰，因为它实际上是一种热且稠密的流体。天王星的中心有一个由金属和硅酸盐构成的核。因此，尽管从外表上看天王星像一个气态巨行星，但天王星的结构与木星和土星略有不同，一些天文学家更倾向于称其为"冰巨星"。

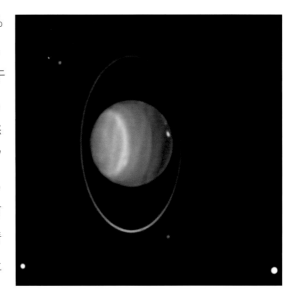

天王星的一个特点是它的自转轴几乎就在其轨道平面上，实际上，天王星的转动就像一个在轨道平面上滚动的球，以至于每当到达至点时，天王星极地地区的太阳都位于天顶。

奇怪的是，"天王星是个无聊的地方"的传闻被一个奇异的发现所反驳，一些天文学家认为天王星内部下着钻石雨。在地幔中，高温和高压使甲烷分子分解，碳元素以高纯度结合，聚集成钻石向下坠落。甚至在地幔底部还可能有一层液态碳海，固体钻石像冰山一样漂浮在海上。

最后，天王星有一个环系统，虽然远不如土星的光环那么明亮，但与木星和海王星微弱的光环相比要显眼得多。这些环比较暗淡，因此它们可能不仅由水冰组成，其中还有一些反射性较差的物质。

蓝色两兄弟之活泼的海王星

离开天王星，我们来到了它的兄弟星海王星。它有着太阳系所有行星中最强烈的风，风速超过了 2000 千米 / 小时，所以它活泼的性格立刻就显现了出来。旅行者二号在飞掠海王星时拍摄的图像也显示出它比天王星拥有更多的结构，包括大黑斑，一个与地球大小相当的反气旋风暴，是太阳系中仅次于

天王星数据

平均直径	平均直径（与地球的比值）	转轴倾角	自转周期（恒星日）	距太阳的平均距离
50724 km	3.98	97.77°	17.240 小时	19.2 个天文单位
公转周期（恒星日）	质量（与地球的比值）	平均密度	表面重力	已知卫星数量
84.02 年	14.54	1.27 g/cm³	8.69 m/s²	27 个

上图 天王星的红外成像，由哈勃望远镜拍摄并进行了非真实色彩处理。图中可以看到气态的带状结构、环结构和一些卫星。图片来源：美国国家航空航天局/喷气推进实验室/空间望远镜研究所。

左图 旅行者二号探测器拍摄的天王星。图片来源：美国国家航空航天局/加利福尼亚理工学院喷气推进实验室。

海王星数据

平均直径	平均直径（与地球的比值）	转轴倾角	自转周期（恒星日）	距太阳的平均距离
49244 km	3.86	28.32°	16.111 小时	30.1 个天文单位
公转周期（恒星日）	**质量与地球的比值**	**平均密度**	**表面重力**	**已知卫星数量**
164.8 年	17.15	1.64 g/cm³	11.15 m/s²	14个

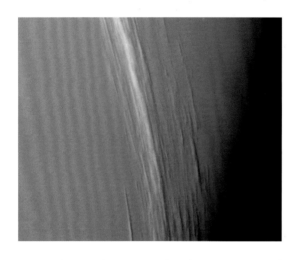

木星大红斑的第二大风暴，但它不久后便消失了（尽管又出现了另外一个风暴）。就连颜色都凸显出海王星更强烈的性格，海王星因甲烷的存在而呈现出美丽的深蓝色；但不仅如此，海王星与天王星的色差表明那里还存在一些其他尚未明确的化合物。

海王星的内部结构与天王星相似，包括钻石和可能存在的液态碳海洋。因此，海王星也可以被认为属于冰行星之列。它也有一个薄弱的环系统，可能由冰粒和岩石物质组成，还有 14 颗已知的卫星，其中最大的是海卫一崔顿，平均直径为 2770 千米。海卫一是唯一一颗处于逆行轨道的大型卫星，与其他卫星运行方向相反，这使人们认为它本是一个游荡天体，被海王星引力所捕获而成为了卫星。它若不是一颗卫星，其实就有资格成为一颗矮行星——我们将在下一章看到这种类型的天体。

拓展阅读
天王星和海王星的发现

　　天王星是被偶然发现的。1781 年 3 月 13 日晚，英国天文学家威廉·赫歇尔（William Herschel）在观察金牛座天空时看到了天王星，他以为它是一个小星云或是一颗彗星。后来，他注意到这个天体在移动，便认为它是一颗彗星，但同时也开始怀疑它可能是一颗行星。在接下来的几年里，通过计算它的轨道，人们意识到它确实是一颗行星。但后来人们注意到它的移动方式很"奇怪"，好像有另一个未知天体在干扰它。约翰·柯西·亚当斯（John Couch Adams）和勒维耶（Urbain Le Verrier）各自独立计算，得出了另一个天体应该处于的位置。1846 年 9 月 23 日晚在柏林天文台，约翰·格弗里德·伽勒（Johann Gottfried Galle）在罗雷尔·路德威·德亚瑞司特（Heinrich Louis d'Arrest）的协助下，在勒维耶所预测的位置上发现了海王星（约翰·柯西·亚当斯算出的位置则在十几度之外）。事后发现，这一发现中可以说还存在一点运气的成分，因为当时的计算只对海王星轨道的特定部分来说是准确的，而这一部分正巧是它当年所在的位置。然而，我们也知道，幸运之神总会眷顾大胆的人和天文学家。

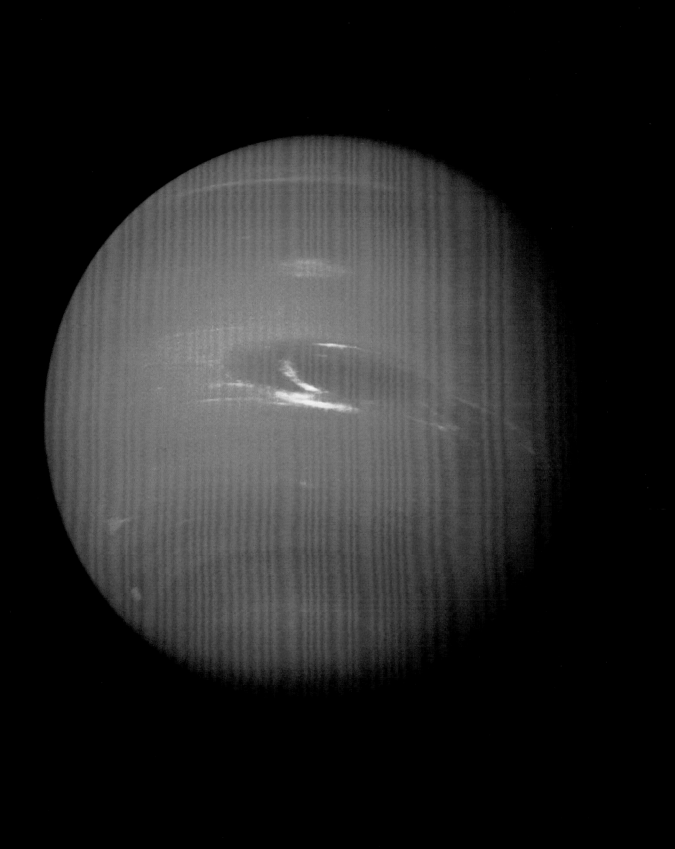

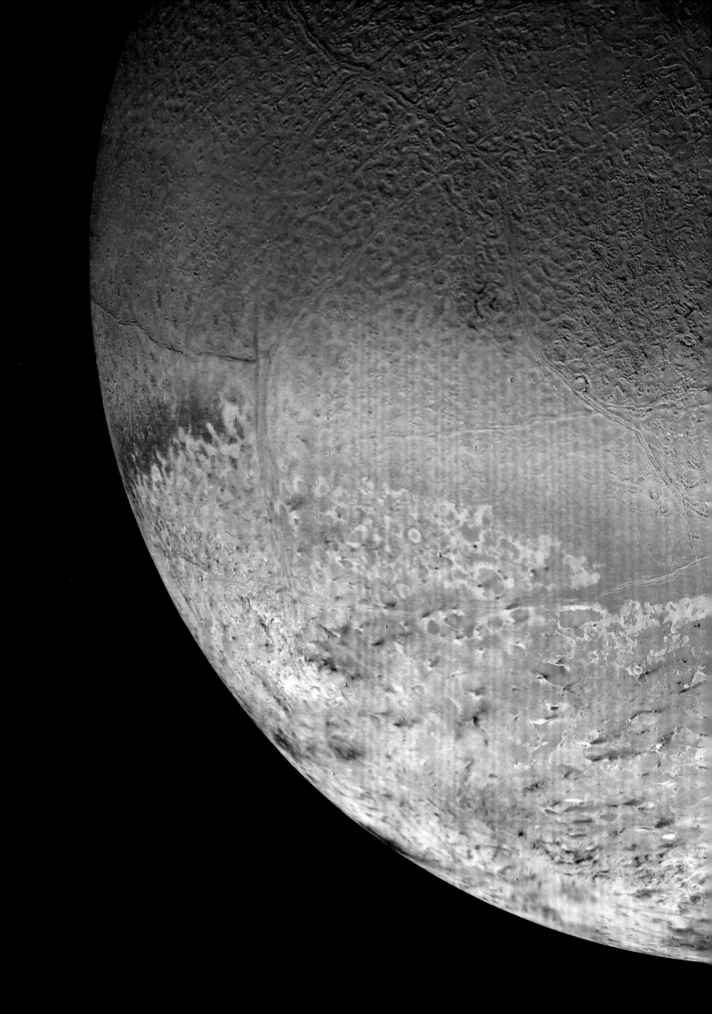

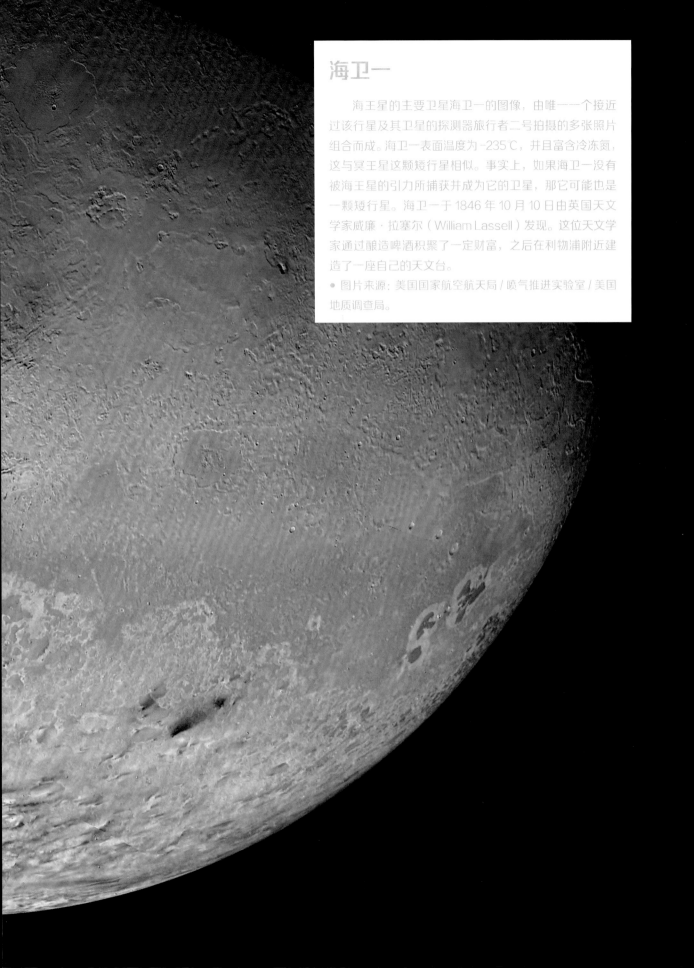

海卫一

　　海王星的主要卫星海卫一的图像，由唯一一个接近过该行星及其卫星的探测器旅行者二号拍摄的多张照片组合而成。海卫一表面温度为 -235℃，并且富含冷冻氮，这与冥王星这颗矮行星相似。事实上，如果海卫一没有被海王星的引力所捕获并成为它的卫星，那它可能也是一颗矮行星。海卫一于 1846 年 10 月 10 日由英国天文学家威廉·拉塞尔（William Lassell）发现。这位天文学家通过酿造啤酒积聚了一定财富，之后在利物浦附近建造了一座自己的天文台。

● 图片来源：美国国家航空航天局 / 喷气推进实验室 / 美国地质调查局。

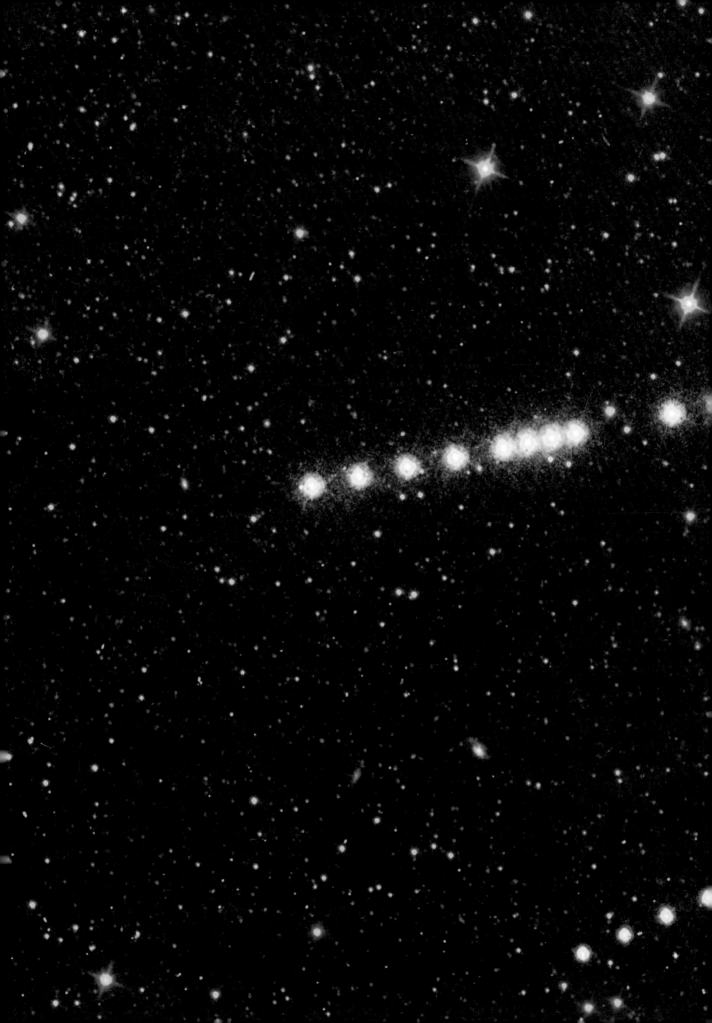

第四章

矮行星和小天体

除了太阳和行星外，我们的太阳系里还有什么？还有大量的天体，它们或许很小又鲜为人知，但想想那些壮观的彗星或可能威胁地球的小行星就知道，它们肯定是非常有意思的。

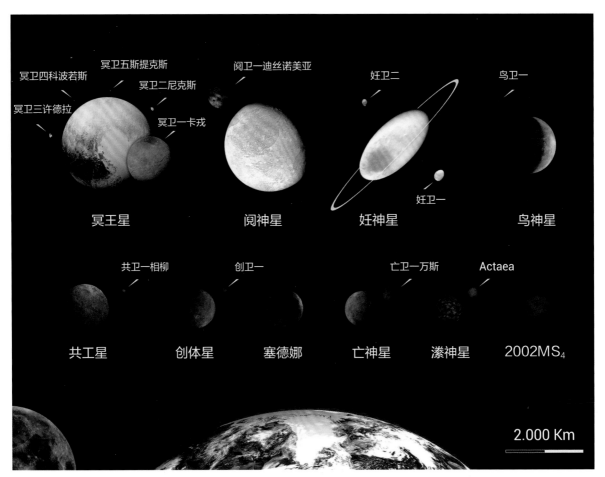

上图 一些大型海外天体及其卫星的大小比较，特别是矮行星冥王星、阋神星、妊神星和鸟神星，以及一些其他候选加入矮行星行列的天体。下方为便于比较大小还绘入了地球和月球。图片来源：通过美国国家航空航天局 照片制作的 Lexicon 图片（CC BY-SA 3.0）。

上页图 图中亮黄色的点是经过多次曝光拍摄的纺神星和小行星丽娜，它们在火星和木星之间的主小行星带中运行。其他几排稍暗的点是更遥远的小行星。图片来源：美国国家航空航天局 / 加州理工学院喷气推进实验室 / 加利福尼亚大学洛杉矶分校。

  太阳和行星是太阳系中最耀眼的组成部分，但从数量上看，它们只代表了整个星系的一小部分。实际上，我们的行星系统还包括从 19 世纪初开始被发现的小行星，而至今，我们已经将约 60 万颗小行星进行了编目；还包括自人类文明之初就偶尔被观察到的彗星。我们如今已经知道有数十亿颗彗星聚集在"储存库"，即行星系统的特定区域里；但特别是近期在太阳系边缘有一个几乎完全未被探索过的区域逐渐向我们打开，它由矮行星和"小天体"组成。这些小天体通常也被称为"海外天体"，因为它们围绕太阳的运行轨道超出了海王星的轨道范围。

  这些不是真正行星的天体的数量极其巨大，达到数百万颗，而且正如我们在第一章中提到的，它们主要分布在四个区域：火星和木星轨道之间的主小行星带，紧邻海王星轨道、距离太阳 30 个到 50 个天文单位的柯伊伯带，分布至距太阳 100 个天文单位的碎屑盘，以及奥尔特云，在距太阳 2000 个到 200000 个天文单位之间。

新来者：矮行星

直到 2006 年 8 月 24 日之前，矮行星并不存在。矮行星并不是突然出现在天文学家的望远镜中的，而是突然出现在了国际天文学联合会的会议桌上。这个组织负责不同类型的工作，其中就包括对天体的命名。

我们将时间稍微回推一点：1930 年美国天文学家克莱德·汤博（Clyde Tombaugh）发现了冥王星，将其列为太阳系的第九颗行星，是距离太阳最远的行星。而从那时就能很清楚地发现冥王星是一颗有点奇怪的行星，它的质量非常小，是水星的 1/25，甚至比月球还小；它的轨道相对于其他行星轨道而言，位于一个非常倾斜的面上；它的平均密度只有 1.9 克 / 立方厘米，以至于人们猜测它是由部分岩石和部分冰组成的。

要知道冥王星到底是什么，就需要等到21世纪初，人们发现了其他类似的天体：2003年塞德娜被发现，它比冥王星的一半略小，离太阳远得多，但平均密度差不多；2005 年阋神星被发现，它与冥王星十分相似，尽管体积略小，但质量高出了几乎 30%，轨道也更大，它的平均密度是 2.5 克 / 立方厘米。阋神星与冥王星的相似程度远远超过冥王星与太阳系中任何行星的相似程度，因此，如果冥王星是一颗行星，那阋神星也是；或者，它们两者都不是行星。

因此，为了解决这个问题，国际天文学联合会决定将这些天体归为一个低于行星、高于小天体的单独的类别："矮行星"。目前，这个家族中除了冥王星和阋神星之外，还有妊神星（发现于 2004 年）、乌神星（发现于 2006 年）和谷神星。前四颗是海王星外天体，而最后一颗是 1801 年在小行星带上被发现的。除此之外，还有其他一些候选天体，而且很可能还有其他类似的天体仍待发现。所以，冥王星实际上是从行星被"降级"为了一颗矮行星，而谷神星则从一颗简单的小行星被"升级"成了矮行星。冥王星的降级还是引发了一些轰动，许多普通人，甚至一些科学家，都对这一决定提出了质疑。互联网上还有人发动请愿，要求将可怜的冥王星恢复到它原有的等级。

矮行星的主要特性

名称	近日点距离（天文单位）	远日点距离（天文单位）	轨道周期（年）	相对于冥王星的质量（比值）	平均直径（千米）
谷神星	2.6	3.0	4.61	0.07	939
冥王星	30	49	248	1	2377
阋神星	38	97	559	1.27	2326
乌神星	38	53	306	0.24	1430
妊神星	35	52	284	0.31	1560

新视野号探测器拍摄的冥王星表面的斯普特尼克平原。图片来源：
美国国家航空航天局／约翰斯·霍普金斯大学应用物理实验室／美国
西南研究院。

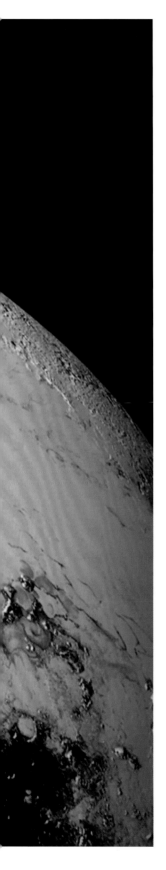

冥王星

我们对冥王星的了解几乎都是源于 2015 年 7 月美国国家航空航天局新视野号探测器的飞掠。这次飞掠所拍摄到的前所未有的特写图像展示出冥王星千变万化的表面，那里明暗区对比明显、交替出现，而且明亮区域颜色各异。由于冥王星上有丰富的氮，而且表面温度在 −220℃ 到 −240℃ 之间波动，因此它表面的平原被98％的氮冰、微量的一氧化碳冰和甲烷冰所覆盖。冥王星上的山脉高达 3500 米，由水冰构成，与地球上冰雪覆盖在岩石上的山有所不同。冥王星山脉的整个结构皆由冰构成，而这些冰之所以能够如此坚硬以至于独自形成山脉，是因为表面重力低（只相当于地球上的 1/16），所以其结构的重量也大大降低，并且极寒温度使冰变得非常坚实。

如果我们来到冥王星表面，除了会惊异于极低的温度带给我们的影响外，还会发现就连正午时分的阳光都非常微弱：太阳会比从地球上看暗淡许多，亮度只有地球上看到的千分之一，而且如果荒谬地猜想在这种地方存在生命形式，那么我们可以想象它们有……巨大的眼睛。但如果我们从这颗矮行星的表面去观察其内部，情况就会发生变化。加利福尼亚大学圣克鲁兹分校地球和行星科学系的卡弗·比尔森（Carver J. Bierson）及其同事于2020年6月在《自然地球科学》杂志上发表的一篇论文证实了在冥王星冰壳下存在液态水海洋的猜想。这是另一个可能寻找生命形式的地方。

冥王星虽然很小，却有五颗天然卫星：冥卫一卡戎、冥卫五斯提克斯、冥卫二尼克斯、冥卫四科波若斯和冥卫三许德拉。冥卫一是唯一一颗大型卫星，平均

拓展阅读
定义的问题

矮行星类别的引入需要清晰且明确的定义。目前，行星、矮行星和小行星是根据以下定义来区分的。

· **行星**：围绕恒星运转的天体；具有足以呈现球形或类球形的重力；质量不足以成为恒星或褐矮星；是其轨道区域的主要天体，即在它所在的"区域"中没有能够与之相比的天体。

· **矮行星**：围绕恒星运行的天体，重力足以使其呈现球形或类球形（与行星相同）。但是，矮行星并不是其自身轨道区域的主要天体。此外还要补充一个条件，即矮行星不应是行星的卫星，而应该直接围绕恒星运行。

· **小天体**：太阳系中既不是行星，也不是矮行星，更不是卫星的天体。

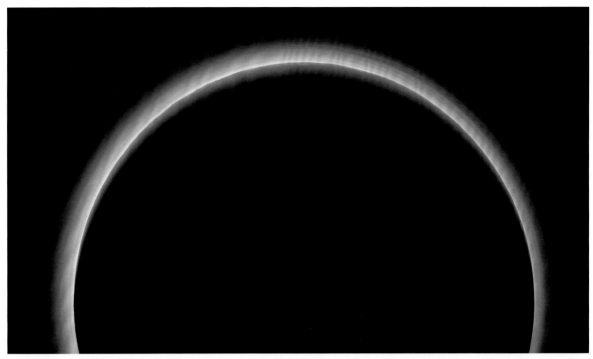

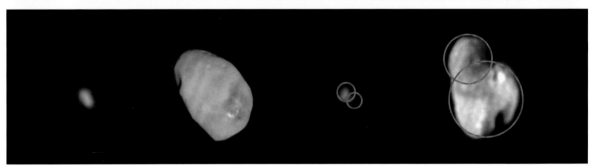

直径 1212 千米，距冥王星约 19600 千米。冥卫一十分靠近冥王星，所以两个天体之间彼此交换了强大的潮汐力，导致它们出现了潮汐锁定，即总是以同一面朝向对方。

其他矮行星

谷神星和冥王星一样，也是最著名的矮行星，而且美国航空航天局的黎明号轨道探测器曾靠近过它，到达了离它表面只有 35 千米远的高空处。谷神星表面有大量的陨石坑，我们在其地表还发现了一座高约 4000 米的山，叫作阿胡拉山。它是一座冰火山，喷发水和挥发性物质，而不是熔化的岩石。

冥王星之心

人们在新视野号探测器拍摄的图像中，发现了一个名为汤博区的奇怪的心形结构（在右图中突出显示，这一发现引起了人们的好奇心。

心形的西叶是斯普特尼克平原，一个宽度约1000千米的平原，而东叶则是一片地势较高的区域。氮冰从这个区域流到另一个区域，蒸发后可以回到第一个区域。事实上，冥王星的大气层也十分稀薄，它与冥王星表面的冰层构成了平衡，且由与表面冰层相同的成分氮、甲烷和一氧化碳组成。图片来源：美国国家航空航天局/约翰斯·霍普金斯大学应用物理实验室/美国西南研究院。

谷神星的表面还存在一些有辨识性的亮点，人们认为这些亮点是由不同盐的混合物组成的，如从谷神星最内部区域喷到表面的碳酸钠。在这里可能比在冥王星上要稍微好过一点（说说而已），太阳看起来亮度只有从地球上看的亮度的1/6到1/9；而地表的平均温度在−100℃上下浮动，但最高温度能达到−34℃。

人们对其他三个矮行星知之甚少。阋神星被冰覆盖，还有一个足有700千米大的卫星，即阋卫一。鸟神星也被冰覆盖，它也有一个卫星，这颗卫星一个不太诗意的名字S/2015 (136472) 1，简称MK2。妊神星特殊一点，它实际上是一个椭圆形天体，形状很扁，长半轴约是短半轴的两倍。

形状的伸长可能是由于高速自转造成的，特别扁平的形状是"类球形"的极端情况，但也有人提出了另一种假设，认为它是由于撞击造成的。这种可能性也可以解释妊神星的一个显著特征，在妊神星的周围有一个半径约为2300千米、宽约70千米的环，这是有史以来发现的第一个海王星外天体的环（发现于2017年）。妊神星有两颗卫星，妊卫一和妊卫二，直径分别约为320千米和170千米。这个寒冷的"小土星"慢悠悠地带着自己的环围绕着遥远的太阳运行，这种场景想想看也是很令人着迷的。

柯伊伯带和碎屑盘

冥王星、鸟神星和妊神星是很好的伙伴，因为它们都属于一个由小天体组成的环形圆盘，被称为"柯伊伯带"（或者更好的说法是伦纳德 − 柯伊伯带），它从海王星距离太阳30个天文单位的轨道开始，向外延伸至距太阳50个天文单位的地方。柯伊伯带中的天体都是原始天体或未能聚集成行星的微行星，这些天体有丰富的水冰和其他挥发性化合物，如甲烷和氨。

新视野号探测器的视野

    在这张由新视野号探测器拍摄的冥王星图像的右侧可以看到斯普特尼克平原，而左侧则是高达 3500 米的冰山，它们都被矮行星稀薄大气中的薄雾所覆盖。

● 图片来源：美国国家航空航天局 / 约翰斯·霍普金斯大学应用物理实验室 / 美国西南研究院。

上图　黎明探测器于 2015 年 5 月拍到的谷神星。该探测器于同年 3 月进入绕该矮行星的轨道运行。图片来源：美国国家航空航天局 / 加州理工学院喷气推进实验室 / 加利福尼亚大学洛杉矶分校 / 马克斯·普朗克研究所 / 德国宇航中心 / 国际开发协会。

右图　在抵达谷神星之前，黎明号探测器于 2011 年 7 月至 2012 年 9 月绕灶神星轨道运行，并拍摄了这颗小行星的特写图像。在这幅艺术作品中可以看到探测器和灶神星，它是基于黎明号所拍摄的真实图片绘制而成的。图片来源：美国国家航空航天局 / 加州理工学院喷气推进实验室。

迄今为止已经发现了 1000 多个小天体，但人们认为它们总量可能超过 10 万个。柯伊伯带密度最高的区域位于行星轨道平面上下 10° 左右的空间里，而总质量却很小，据估计只有地球质量的几百分之一。

阋神星的远日点在柯伊伯带以外很远的地方，属于一个称作"碎屑盘"的地方。碎屑盘是一个由小冰体组成的盘状区域，其内缘逐渐消失在柯伊伯带中，但外缘延伸得非常远，距离太阳超过 100 个天文单位，并且还远高于和低于行星轨道所在的平面，例如阋神星的轨道就与行星轨道平面呈 44° 倾斜。

总之，海王星轨道之外的太阳系十分拥挤，即使它们只是一些小天体，远离太阳，反射光线也很少，而且几乎完全不为人所知。但它们中的一些有时会离开这些区域，潜入太阳系内部；实际上，柯伊伯带和碎屑盘也是短周期彗星的发源地，这一点我们将在后面看到。

主小行星带

太阳系中另一个天体密集区域就是主小行星带，其中包括数百万颗小行星。它们的形状通常不规则，这是因为极低的表面重力不足以使它们呈现出大致的球形，一些质量较大的例外，比如冥卫三，一颗中等大小的小行星，长 60 千米，其表面重力平均为地球的 1/1000；一个在地球上重 60 公斤的人在冥

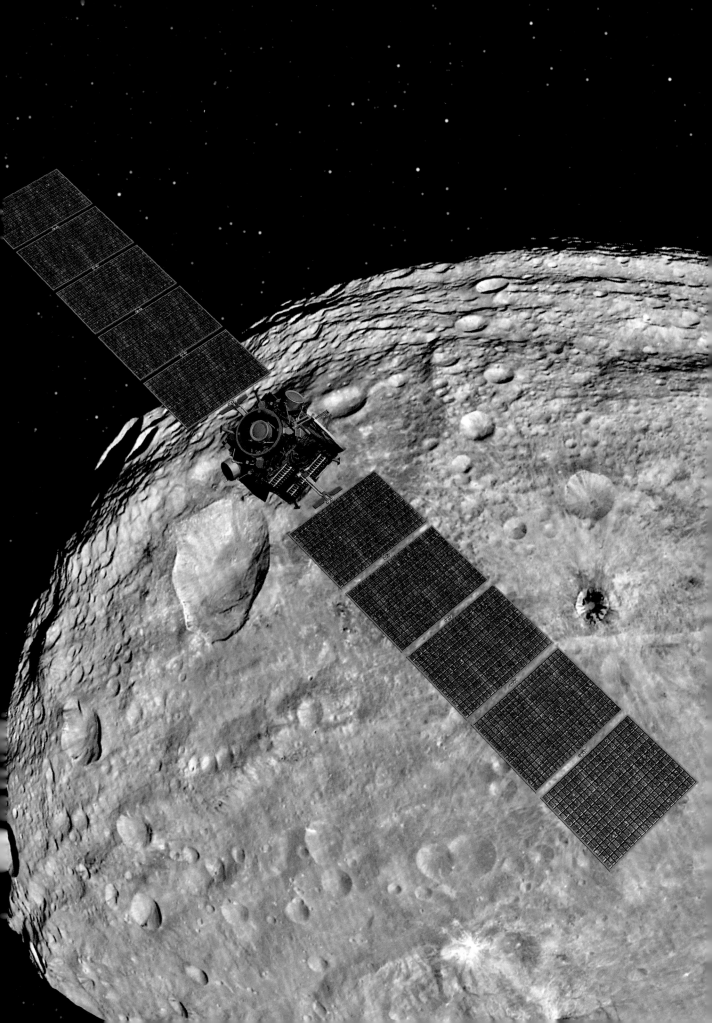

卫三上可能只有60克！尽管重力很低，有些小行星还是有卫星慢慢地环绕它们运行的，比如小行星艾达和它的卫星艾卫。

然而，大多数小行星的规模都小于1千米（小于1米的则被称为"流星体"），少数小行星可达几十千米或几百千米。除了矮行星谷神星之外，最大的小行星就是灶神星，直径为525千米。目前，所有主带小行星的总质量约为月球质量的4%，但在过去，它曾是月球质量的100倍左右。正如我们之前所说，随着时间推移，木星引力的作用驱散了主带中的大部分小天体，同时还阻止了它们聚集形成行星；一旦在带内形成了星子或原行星，它们不仅不会聚集在一起共同成长，反而会发生猛烈碰撞以致相互摧毁。事实上，小行星们可能就是太阳系的原始天体，即物质聚集成行星时未参与主要天体形成的残余物，不然，便是小行星和原行星因碰撞而破碎的残余物。

近地小行星

还有些小行星不在小行星带里。我们地球人特别感兴趣的是所谓的"NEA"（Near Earth Asteroids，近地小行星），之所以这样叫是因为它们的轨道很靠近地球轨道，有些甚至与地球轨道相交，存在撞击我们星球的可能。与现存的数百万颗小行星相比，这些近地小行星非常少——尽管实际数量并不少——已知的近地小行星超过了2万颗，但其中只有不到1000颗直径超过1千米。

我们在地球上看到的撞击坑证明了地球与小行星的碰撞是可能发生的。其中最著名的撞击坑就是希克苏鲁伯陨石坑，直径为150千米，一侧位于墨西哥尤卡坦半岛，而另一侧在大西洋下。它是被一颗直径在11—80千米的小行星或彗星造成的。这次撞击可追溯到大约6600万年前，被认为是造成非鸟类恐龙灭绝的原因之一。据计算，这次撞击释放的能量相当于第二次世界大战时原子弹爆炸的数千亿倍，或是有史以来最强大的氢弹能量的1亿倍。大自然在任何一方面都超越了我们，就连制造灾难方面也比我们厉害。

这种事件还会再发生吗？这是当然的；但同这类小行星的撞击极其罕见，稍微更常见的——尽管绝对意义上也十分少见——则是与更小的天体的碰撞。这种撞击能够造成巨大的破坏，但只是在局部范围内。更小的直径为50—100米的天体撞击地球的频率平均为每1000年一次，撞击释放的能量类似于核爆炸。1908年发生在的通古斯（西伯利亚）的事件就属于这一类，是地球近代史上所记录的最强大的自然源爆炸事件。为了评估撞击风险，科学家们设计了"杜林危险指数"，将撞击概率与潜在损害相结合来预估风险。该指数被分为10级（类似于麦卡利地震烈度表），并用特定颜色标示。其结构总体如下：

◎ **0级（白色）**：无风险

◎ **1级（绿色）**：非危险情况，在正常范围内，不必特别关注，风险极低。

◎ **2、3 和 4 级（黄色）**：小行星不是特别危险，但值得关注；撞击地球的概率低但不是很低，若出现撞击可能会造成局部性或区域性破坏。

◎ **5、6 和 7 级（橙色）**：小行星具有潜在危险，可能会发生撞击但仍不确定，能够造成区域性或全球性的破坏。

◎ **8、9 和 10 级（红色）**：小行星非常危险，撞击一定会发生，可能会造成局部性（8 级）、区域性（9 级）或全球性（10 级）气候灾难，会威胁到人类文明的未来。

级别越高，事件就越罕见。迄今为止杜林危险指数等级最高达到过 4 级，达到这个等级的小行星是毁神星，直径为 370 米，被认为有 2.7% 的概率在 2029 年 4 月撞击地球。但在对其轨道进行更仔细的研究后，人们意识到它不会撞击地球，于是被降级到 0 级。

上图 贝努是一颗约 0.5 千米大的潜在危险小行星，这是由美国航空航天局的欧西里斯号探测器所拍摄到的拼接图像中提取出来的图片。该探测器于 2018 年 12 月抵达小行星附近并进行逗留，2020 年 10 月 20 日成功着陆并完成采样，样品预计于 2023 年 9 月到达地球。图片来源：美国国家航空航天局 / 戈达德太空飞行中心 / 戈达德大学。

当天空可以触摸：陨石

除了巨大的撞击之外，绝大多数从太空坠落到地球上的物质都是以星际尘埃和小天体的形式存在，它们会完全被大气消解。这种现象叫作流星。一些稍大点的天体可以在蒸发中幸存下来，并坠落到我们的星球上，这就是陨石。

90% 以上的陨石都是由硅酸盐等岩石物质组成，还有少数是由金属物质组成，其中包含大量的铁和镍；还有的是岩石和金属混合形成的。

石陨石又分为两类：球粒陨石（更常见）和无球粒陨石。球粒陨石是小行星带中未聚集成主要天体的"碎片"，即太阳系的原始天体。

无球粒陨石通常是天体表面外壳分化的碎片，它们参与了主要天体经历过化学分异的形成，并在碰撞后脱离了这些天体，被驱逐到了太空中。一些无球粒陨石来自月球和火星，这些天体在与其他天体发生碰撞后将碎片散播到了太空中；碎片在太空中游荡后落到地球上。一些陨石成分因为与火星土壤成分相似，所以可以被辨认出来是火星陨石。另外，在一个火星陨石中还发现了被困在其中的气体，成分与火星大气的成分一致。在所有火星陨石中，有一颗在 20 世纪 90 年代登上了新闻头条。它就是 1948 年在南极洲发现的 ALH 84001，人们认为它在 1700 万年前就被火星放逐了出来，在太空中游荡了很长时间后于 1.3 万年前落到地球上。1996 年，科学家们在电子显微镜下观察到了它的一些内部结构，并认为这些结构可能是细菌化石，这一点将证实火星上存在生命——至少以前存在过——的假说。然而，深入分析后发现，这些结构对于细菌来说太细小了，无法认为是细菌的化石，所以如今它们被认为是正常的地质构造。

彗星

如果天体是人，那彗星肯定是最虚荣的。哪还会有其他的天体——通常只是一个几千米大的冰和岩石组成的球（彗核）——能够无限将自己漂亮的头发梳得蓬松到比木星还大吗？并拖着一条长度超过太阳和地球之间距离的尾巴？

彗核被定义为"脏雪球"是很容易理解的，因为它就是由水冰和其他化合物组成的，其中包括二氧化碳、甲烷和氨，还有尘埃和岩石物质的混合物。"雪球"的概念还可以给人一种整体内聚性不高的印象。彗核表面的冰升华产生了彗发和彗尾，在太空中延展开来，规模巨大；构成它们的气体极其稀薄，可以说是几乎什么都没有！总之，没有任何一种天体能够在如此少的炙烤下散发出如此多的烟雾。然而，彗星的壮丽是显而易见的，任何见过明亮彗星的人都不会忘记它的样子，而且每次宣布有新的彗星出现，媒体都会大肆报道。彗星对集体想象力的影响还在于，人们长期以来将它解释为一种不祥

拓展阅读
最大的陨石

陨石通常很小，但并非总是如此。迄今为止，已经被发现并被证实为最大的陨石是 1920 年在纳米比亚的霍巴地区发现的霍巴陨铁，重 60 吨（如右图）。在阿根廷一个被诗意地称为"天上之地"①的地区，发现了一些约 4000 年前坠落的铁陨石碎片，其中最大的一块重 30.8 吨。找回的碎片总重达 100 吨，使得原天体总重量比霍巴陨铁更大。

① 原文为 Campo del Cielo。此地发现的陨石被称作 Campo 铁陨石，因此该名称直译应为"来自天上的 Campo"；意大利语 campo 意为"田野；场地"，作者称此地名非常诗意也来自这一语意双关。——译者注

上图 在这张于 2015 年 1 月从智利欧洲南方天文台拉西拉天文台拍摄的图像中，可以看到中间的洛夫乔伊彗星，在其右侧是红色的加利福尼亚星云。上方是昂宿星团，左侧则是流星划过的痕迹。图片来源：P. Horálek/ 欧洲南方天文台。

右图 1997 年，海尔－波普彗星以惊人的方式照亮了我们半球的天空。明亮的尘埃尾和蓝色的离子尾清晰可见。图片来源：Philipp Salzgeber (CC BY-SA 2.0)。

的天体信号，会预示灾难，直到科学知识为它做出了澄清。

一些彗星的起源地是非常遥远的奥尔特云，一个围绕太阳、由冰微行星组成的云团，距离太阳 2 万个到 20 万个天文单位，即 1/3 光年到 3 光年。奥尔特云分为球形外层云团和环形内层云团，后者又称希尔斯云。轨道周期超过 1000 年的彗星就来自这些地区，其中一个例子是 1996 至 1997 年出现的海尔－波普彗星。通常，轨道周期超过 200 年的彗星叫作长周期彗星，而低于 200 年的叫作短周期彗星。短周期彗星的起源地更近一些，在柯伊伯带和碎屑盘；还有一些可能来自被称为"半人马型小行星"的天体群，它们是一群在木星和海王星轨道之间运行的含冰小天体。哈雷彗星就是一颗周期约为 75 年的短周期彗星。

还有一些非周期彗星，它们只在太阳附近经过一次，然后就不再返回，甚至还有星际彗星，来自银河系深处！

但是彗核是如何生出彗发和彗尾的呢？彗星的故事开始于它受到引力摄动后离开故乡并开始坠落的那一天。它被太阳引力所吸引，向太阳系内部坠落；当它足够接近太阳时，第一次体验到我们的恒星所散发出来的热量。彗核中的冰开始升华，释放出气体，形成彗发。释放出的气体被太阳风吹向与太阳相反的方向，就产生了一条彗尾，被称为"离子尾"或"等离子尾"，因为构成它的气体是被太阳的紫外线辐射电离后形成的（"等离子体"是高度电离的气体）。气体升华时，会携带尘埃颗粒，而这些尘埃颗粒也会形成一条彗尾。这种尘埃构成的彗尾受太阳风的影响较小，呈现出沿彗星运行轨道的方向，因此它呈弯曲状；而离子尾则比较直。

随着时间的推移，彗核所含的挥发性物质会慢慢消耗殆尽，直到它只剩下岩石部分，变得像一颗小行星。事实上，确实有几颗小行星被认为是休眠的彗星。但是彗星在遭遇这种可能的命运之前，会在身后留下一团碎石云，而这在某些情况下又会带来另一番奇观：流星雨。彗星在过去被认为是不祥的使者，可事实恰恰相反，它比任何其他小天体都能带给人类更多、更壮美的奇观。

流星雨

在8月15日之前的几天里，会有英仙座流星雨达到峰值，它的极大值是在8月12至13日(而不是

星际访客

2017年10月发现的奥陌陌（1I/'Oumuamu）是第一个被证实为来自太阳系以外的天体。通过对其轨道的计算，我们确定它来自非常遥远的地方，可能来自另一个恒星系统。它的结构似乎介于彗星和小行星之间；它没有彗发，而是出现了速度的突然变化，这可能是由气体释放造成的。随后，在2019年8月，第一颗星际彗星鲍里索夫彗星（2I/Borisov）被发现。在它们的名字中，"I"的含义是"星际"。这两个天体现在都在远离太阳系；在特近过太阳后，它们又再次陷入了来时的星际空间的黑暗中。

人们通常认为的 10 日）。这段时间恰逢假期和炎热夏季，人们长期在户外活动，所以英仙座流星雨便是最著名的流星雨了。但除此之外还有许多其他很著名的流星雨。流星是由彗星尘埃所引起的；就像我们之前讨论的那样，当彗核接近太阳并产生彗发时，就会容易散射碎片。一些彗星比较接近地球轨道，一些碎石云就留在地球轨道上，所以我们的星球每年同一时期都会经过轨道上有碎石云的同一地点。这些碎片向地球坠落会产生流星雨：它们以每小时 10 万千米到 20 万千米的高速进入大气层，被大气层蒸发，并由此在几秒钟内画出由明至暗的光迹，我们称这种现象为"流星"（或者，意大利语中不恰当地称之为"落下的星星"）。很难相信，流星是由小于 1 毫米的天体产生的；实际上是它们的速度提供了转换成光的能量，而不是它们的大小。如果进入大气层的是一个几厘米大的碎片，我们就会看到一颗非常明亮的流星，被称为"火流星"。

　　由于彗星的碎片云具有一定的范围，地球需要几天或几周的时间才能穿过它，所以流星雨持续的时间比较长。其中，流星雨的中期——也就是当地球穿过彗星碎片云的中心和最密集的部分时——是流量最多的时候，而在初期和终期，则几乎没有流星。

上图　2007年1月，从帕瑞纳天文台（智利）拍摄的太平洋上空的麦克诺特彗星，是近几十年来最明亮的彗星之一。图片来源：S. Deiries／欧洲南方天文台。

英仙座流星雨

2016 年 8 月 12 日，在每年一次的英仙座流星雨期间拍摄的这 30 秒的曝光中，一颗流星划过美国西弗吉尼亚州云杉山上空。英仙座流星雨出现在每年 8 月，也就是地球穿越斯威夫特·塔特尔彗星沿运行轨道留下的碎片时。图片来源：美国国家航空航天局/Bill Ingalls。

下表中是一些在北半球可见的主要流星雨（每年的高峰日可能略有不同）。

名称	可视期	峰值日
象限仪座流星雨	1 月初	1 月 3 日
天琴座流星雨	4 月下旬	4 月 22 日
宝瓶座 η 流星雨	4 月中旬—5 月末	5 月 6 日
白羊座流星雨	5 月末—7 月初	6 月 7 日
宝瓶座 δ 流星雨	7 月中旬—8 月中旬	7 月 28 日
英仙座流星雨	7 月中旬—8 月末	8 月 12 日
猎户座流星雨	10 月初—11 月初	10 月 21 日
狮子座流星雨	11 月中旬	11 月 17 日
双子座流星雨	12 月中旬	12 月 14 日
小熊座流星雨	12 月下旬	12 月 22 日

第五章

系外行星的发现

如今，我们已知的系外行星约有 5300 颗。这是一个巨大的数量，但与我们预估的银河系中存在的 1000 亿颗系外行星相比，这个数量不值一提。如此看来，人们可能会认为它们很容易识别，但事实并非如此。研究系外行星的方法多样且复杂，而且存在诸多困难。

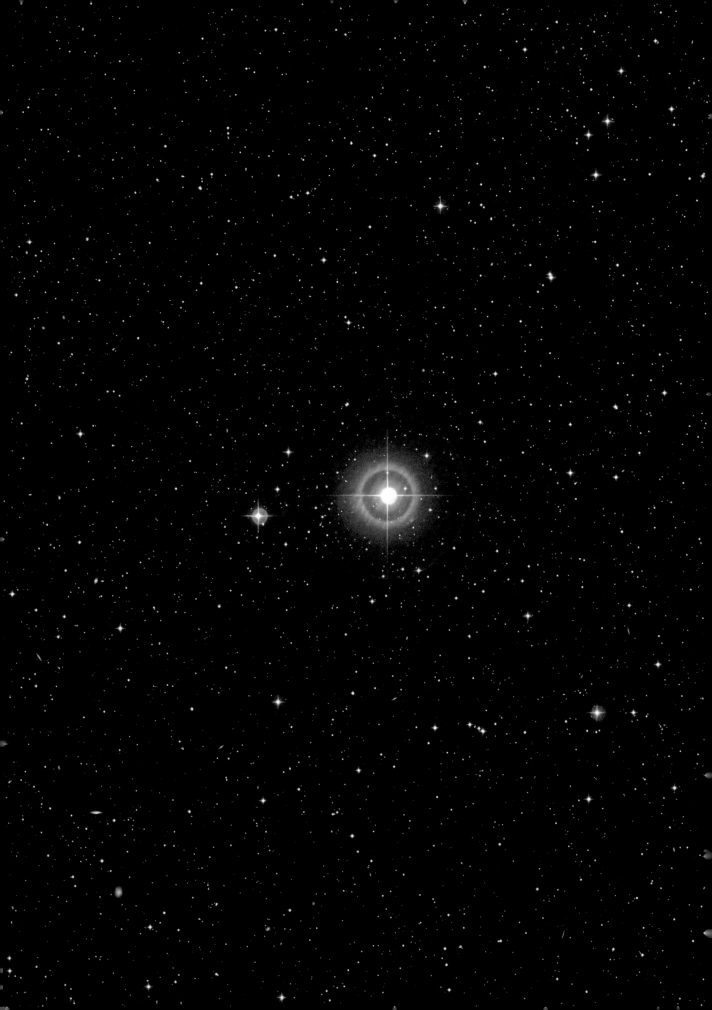

1995 年 11 月 23 日，宇宙舞台的灯光照耀在了飞马座 51，一颗位于飞马座的"小星星"上，这颗小星星平时用肉眼也能看到。在这天到来之前，少数专家很了解它是因为它是与太阳最相似的恒星之一。飞马座 51 距我们 50 光年，质量超出我们的恒星 11%，半径大 24%，亮度高 36%。在这一天，权威杂志《自然》的封面刊登了飞马座图片，并提出了一个问题：飞马座中有行星吗？该杂志提到的是那篇题为《类日恒星的近木星质量的伙伴》的文章，其中日内瓦天文台的两位瑞士天文学家米歇尔·马约尔（Michel Mayor）和迪迪埃·奎洛兹（Didier Queloz）宣布发现了第一颗环绕非太阳恒星运行的行星。然而，文章中并没有提及封面中提出的问题，而是总结了科学界为什么难以相信这个轰动一时的发现。困难并非来源于我们发现了人类一直在寻找的东西——太阳系外的其他行星，或其他可能宜居的星球——而在于飞马座 51b 这个刚被发现的星球的意想不到的特征。它是一个和木星差不多大的天体，据估计，它的质量至少是木星质量的 46%；它围绕着它自己的恒星运行。在那个区域，根据迄今为止唯一已知的我们自己的行星系统，科学家并不期望能够找到大型行星，而是将希望寄托在了小型行星上。另外，这颗行星与其恒星的距离不仅是近，而且还非常近；飞马座 51b 与主恒星的距离是 0.05 个天文单位，是地球到太阳距离的 1/20，太阳到水星距离的 1/7。

因此，1995 年 11 月 23 日，飞马座 51b 被记入了天文学史，而天文学史也随之改变。太阳系外行星（或系外行星）——即环绕其他恒星运转的行星——

思想史上的无数个星球

纵观历史，很多思想家都曾预测过其他星球存在的可能。其中最著名的就是焦尔达诺·布鲁诺（Giordano Bruno），他在 1584 年发表的哲学对话《论无限宇宙和世界》中谈到了"无数的太阳和无数围绕着自己太阳旋转的地球"。然而，这个想法并不新颖，因为该想法已经被希腊原子主义哲学家提及过。德谟克利特（Democrito）认为世界是无限的，因为空间和原子是无限的；伊壁鸠鲁（Epicuro）也持类似观点。因此，系外行星的发现回应了伴随了人类历史数千年的渴望。

右图 像焦尔达诺·布鲁诺这样的哲学家和思想家所主张的无限世界的想象图。图片来源：美国国家航空航天局/欧洲航天局/A.Schaller（来自美国西南研究院）/哈勃望远镜官网。

上图 牧夫座 τ 星，最早发现有行星环绕的恒星之一，距离太阳系大约 51 光年。图片来源：欧洲南方天文台 / 数字化巡天二期。

的时代开始了。有些系外行星是宜居的，但我们还不太了解是否有人居住。由于这一 发现的重要性，马约尔和奎洛兹于 2019 年获得了诺贝尔物理学奖。有趣的是，早在 1992 年，亚历山大·沃尔兹森（Alexander Wolszczan）和戴尔·弗莱尔（Dale A. Frail）就发现了两颗环绕脉冲星PSRB1257+12 运转的行星，并在1994年发现了第三颗。但可以肯定的是，这一重要发现的影响与发现一颗及多颗绕正常恒星运行的行星相比不可同日而语。

视向速度

飞马座 51b 是如何被发现的？只需将望远镜对准这颗恒星并仔细观察它附近是否有光点吗？事情并非如此简单。与恒星相比，行星更小，亮度也更低，因为行星本身并不发光，而是反射少量主恒星所发出的光。此外，从星际距离以外观测，系外行星显得离所环绕的主恒星非常近，它的微弱光亮便会消失在恒星压倒性的亮度中。反过来推理：如果一个外星文明想要知道太阳这颗恒星（谁知道它们如何称呼它……）是否有行星，就要下很大力气去辨认出木星这颗最大的行星，因为它的亮度只有太阳的二亿分之一，而且从远处看，两者几乎是重叠的。因此，发现系外行星的方法主要是间接的，也就是说不直接看到行星，而通过观察它对母星造成的影响来得知它的存在。迄今为止，成功直接观察到行星的案例是极少的，只有已经发现的约 4500 颗行星中的近 50 颗，我们将在后面看到。

第一种间接方法，也是用来发现第一颗系外行星飞马座 51b 和其他最先发现的系外行星的，是基于多普勒效应的"视向速度"，直至今日这种方法仍可以用来发现其他系外行星。为了弄清楚它是什么，我们必须从远处将光当作一种波来观察，它与所有的波一样，都有振幅和波长——即两个连续波峰之间的距离——这样的特征。我们的视觉系统能够测量我们看到的光的波长，大脑会根据波长的长短对不同的颜色产生不同的感觉；按照波长递减的顺序，我们得到了红色、橙色、黄色、绿色、蓝色和紫色。现在，想象一个光源远离或接近我们，也就是沿径向（即沿着我们和光源之间的连线）移动。如果在光源发光时将光源向远处移开，波长会变长，可以说是"拉长"，我们会看到光的波长大于实际发出光的波长，即向红色移动（红移）。相反，如果光源靠近，波长将会缩短，光便呈现出一点蓝紫色。这是程度很小的多普勒效应，除非光源移动速度较快，才会有更明显的多普勒效应，但这种情况通常不会发生。

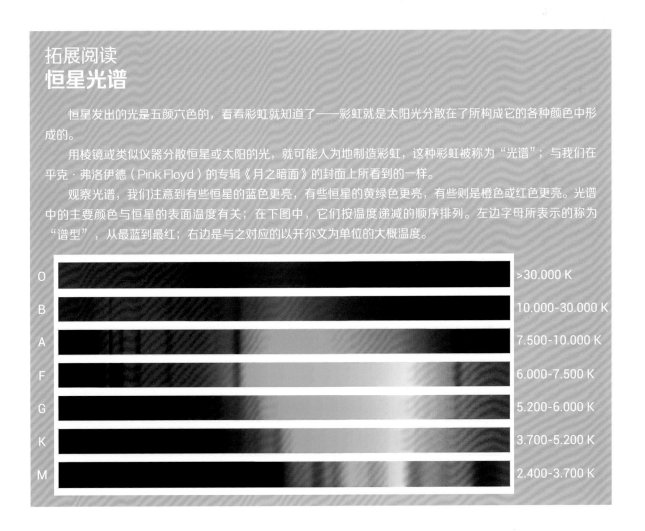

拓展阅读
恒星光谱

恒星发出的光是五颜六色的，看看彩虹就知道了——彩虹就是太阳光分散在了所构成它的各种颜色中形成的。

用棱镜或类似仪器分散恒星或太阳的光，就可能人为地制造彩虹，这种彩虹被称为"光谱"；与我们在平克·弗洛伊德（Pink Floyd）的专辑《月之暗面》的封面上所看到的一样。

观察光谱，我们注意到有些恒星的蓝色更亮，有些恒星的黄绿色更亮，有些则是橙色或红色更亮。光谱中的主要颜色与恒星的表面温度有关；在下图中，它们按温度递减的顺序排列。左边字母所表示的称为"谱型"，从最蓝到最红；右边是与之对应的以开尔文为单位的大概温度。

O	>30.000 K
B	10.000-30.000 K
A	7.500-10.000 K
F	6.000-7.500 K
G	5.200-6.000 K
K	3.700-5.200 K
M	2.400-3.700 K

一颗热木星

    行星 NGTS-1b 的艺术图像。NGTS-1b 是一颗热木星，距其主恒星（一颗亮度仅为太阳 1/15 的红矮星），仅 0.03 个天文单位。尽管这颗恒星亮度比太阳低，但行星距离恒星很近，所以行星的温度预计超过了 500℃ 。

● 图片来源：华威大学 / 马克·加里克。

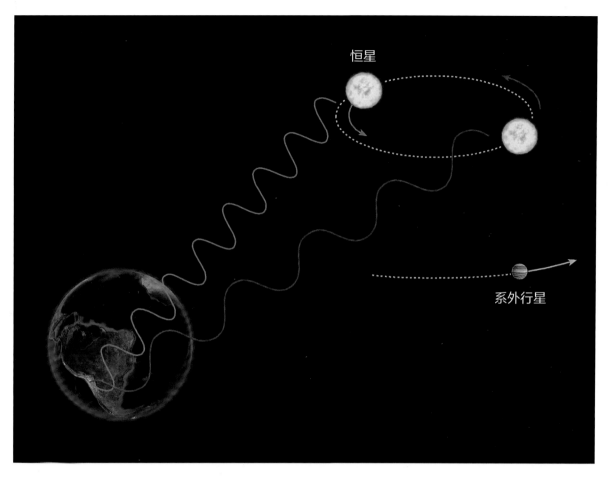

上图　视向速度法的示意图。线条体现了一颗（有行星的）恒星如何绕质心运动。当恒星向地球移动时，它发出的光会出现蓝移；当它向远离地球方向移动时，就会出现红移。图像中恒星移动的程度是极其夸张的，一般来说，它只会在质心附近进行轻微的震荡。图片来源：欧洲南方天文台 (CC BY 4.0)。

换句话说，一颗蓝色的恒星远离后颜色不会变红，它只会变得看起来稍微偏红一点，或蓝色更淡一点。

为了测量这些微小的变化，人们利用了恒星光谱中存在的暗线，即吸收线，将它们作为参照。这些线的波长十分精确，如果出现了一些红移或蓝移，我们会立即注意到变化，如此便可以知道恒星是在远离还是在靠近，并知道它移动的速度。

现在，我们假设恒星有一颗行星。当行星运行时，恒星也会由于受到行星引力影响而呈现轻微的环形运动，它所围绕的点被称为质心。质心位于两者之间，但因为恒星的质量比行星大得多，所以它更接近恒星，甚至就在其内部。换句话说，考虑到恒星的质量比行星大，行星的引力只能使恒星出现细微的移动，但行星运行的路径则大出许多。无论如何，恒星远离或接近我们的速度导致谱线位移出现叠加，在光谱中，我们就会看到谱线呈周期性"来回"振荡，这就能说明有行星存在。一次振荡发生所需的时间是恒星和行星绕质心运行的时间；换句话说，就是轨道周期。

热木星

继飞马座 51b 后，又发现了其他几颗在质量上和恒星的距离上——在某些情况下，与恒星的距离非常近，就比如飞马座 51b 自己——都和它非常类似的行星，所以人们认为有必要引入一个新的、不存在于太阳系中的行星类别，被称为热木星。

一些热木星的周期很短，例如在飞马座 51b 上，我们每 4 天就会庆祝一次新年或是过一次生日。这是一件好事，只除了这颗行星与恒星的距离太近外，其表面温度估计也会达到 1300℃。

热木星的突然出现使学者们质疑行星系的形成方式：如果像太阳系那样，最大的行星往往在很远的地方形成，那么它们在离恒星如此之近的地方做什么呢？这推动了对行星迁移的可能性的研究，正如我们在第一章中看到的那样，随着时间的推移，行星位置会发生移动。

拓展阅读
通过视向速度法得出了什么

在太阳系中，距离太阳更远的行星比距离近的行星运行得更慢，正如开普勒第三定律所阐明的一样。这一定律在其他行星系中也适用，但与太阳系"成比例"，也就是说，需要注意恒星的质量是有可能与太阳不同的。因此，通过一颗行星的公转周期我们可以得到它与主恒星的平均距离。还要注意恒星的亮度，再通过其间距就可以判断这颗行星是冷是热。此外，我们还可以估计行星的质量：质量越大并且距离主行星越近，它的引力作用就会越强，也就是说，恒星的移动就会越大，它的光谱中线条的移动就越明显。另外需要明白，我们测得的是远离和靠近的速度，也就是视向速度；如果恒星按照常规，在与径向呈夹角的平面上运行，那么我们得到的只是用来计算速度的一个要素，而真实的速度会更大。所以，当我们估算一个行星的质量时，得到的是一个最小值，而真实质量则大于或等于这一数值。最理想的情况是行星运行的平面正好侧对我们观测的视线，这时测得的视向速度就是恒星的真实速度，而测得的行星质量也是它的真实质量，而不只是一个最小值。

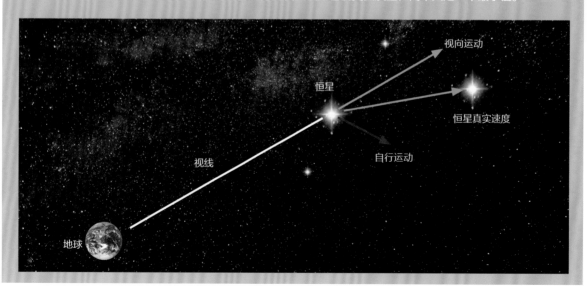

系外行星的命名

系外行星的命名所采用的标准是取恒星的名字并加上一个小写字母“b”。如果在同一颗恒星周围发现了其他的行星，则按照发现的先后顺序，使用字母“c”“d”等。而最近，国际天文学联合会决定接受为系外行星和它们的恒星命名的建议。例如，飞马座 51 也被称为 Helvetios，其行星为 Dimidium。这些名字源自世界各地许多不同的文化，象征着将人类团结在发现这些天体的科学事业中。

第一批被发现的系外行星都属于这类，这就引出了另一个问题：这是否意味着大多数行星是热木星，而太阳系却是一个例外？这就好比让我们从一个袋子里随机抽出各种颜色的球，而我们抽出的前 10 个都是红球；我们应得出的结论是这些球颜色分布均匀，还是袋子里红球更多？我们很倾向于第二个答案，除非存在某种选择性偏差，也就是说出于某种原因，红球被抽中的概率更大，例如它们被放在了其他颜色球的上面，而我们在没有将袋子中的球混合均匀的情况下就拿出了它们。就热木星的情况而言，确是如此，倾向于热木星的选择性偏差正在发挥作用。哪种行星会使它们的恒星移动得更明显，是那些质量大且近的行星，还是那些质量不大而且更远的行星？显然是前者！最早发现的系外行星是热木星，因为当时的仪器只能探测到它们。其他系外行星会引起恒星振荡，但在当时是无法辨别的。随着仪器灵敏度的提高，其他更常见的类型也渐渐被发现。

凌星法

在今天，视向速度法是发现第二多系外行星的方法。最高产的其实是几年后出现的凌星法。2000 年宣布发现的行星 HD 209458 b 是通过凌星法成功找到的第一颗行星。凌星法是基于这一想法：在众多现存行星中，会随机有某颗行星的轨道正好侧对地球观测它的方向。换言之，地球正位于或很靠近这

左图 艺术家所绘制的 OGLE-TR-L9 行星。OGLE-TR-L9 行星是一颗质量比木星大 4.5 倍的热木星，它在距主恒星只有 0.03 个天文单位的地方运行。它的主恒星比太阳大 1.5 倍，亮度比太阳高 5 倍。人们认为这颗行星非常炽热。图片来源：欧洲南方天文台/H. Zodet。

一些最早发现的系外行星

行星	距离主恒星的平均距离（天文单位）	轨道周期（天）	最小质量（与木星质量相比）	发现年份
飞马座 51	0.05	4.23	0.46	1995
室女座 70b	0.48	116.7	7.5	1996
大熊座 47b	2.1	1.078	2.53	1996
巨蟹座 55b	0.11	14.65	0.82	1997
牧夫座 τ 星 b	0.05	3.31	5.5–6	1997
仙女座 υ 星 b	0.06	4.62	1.70	1997

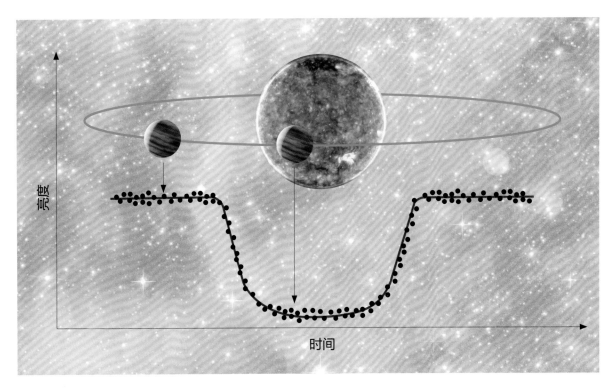

上图 凌星法。当一颗行星从其恒星前经过时，恒星的亮度看起来略有下降。如同一次小型日食。

颗行星的轨道所在的平面。如果是这样，从我们的角度看，该行星每转一圈都会在其恒星前经过（凌星），造成一次恒星的小型"日食"，即遮蔽其表面的一小部分。实际上，行星的形状在恒星的盘形前就好像一个暗色的小盘子。从地球上我们看不到恒星的形状，更不用说行星了，但我们注意到，当行星从恒星前经过时，恒星的亮度会稍微变暗。变暗程度特别低，由于行星平均都比恒星小得多，恒星表面被遮蔽的部分可能只占百分之一或千分之一，所以面临的挑战恰恰是要能够注意到这种极低量级的亮度变暗。行星凌星呈周期性，因为行星绕恒星运行，行星每公转一圈就会在恒星前经过一次。因此，通过测量一次凌星和下一次凌星之间的时间，我们就能够知道行星的轨道周期。

凌星法也受到选择性偏差的影响。它与视向速度法一样，倾向于更清楚地看到靠近恒星的大型行星。如果一颗行星离主恒星很近，即使它的轨道平面相对于地球连接线有略微的倾斜，也会发生凌星，如果很远则反之。除此之外，轨道周期也将更短，凌星的频率也会更高。最后，用这种方法只能"看到"所有现存行星中的一小部分，因为大多数行星的轨道与地球不在一个平面，从我们的角度看过去，它永远都不会在其恒星前经过。

因此，利用其他方法来补充上述两种方法也是应该的，但迄今为止的大部分发现还是要归功于上述这两种方法：约 75% 的发现归功于凌星法，约20% 归功于视向速度法。

其他方法

还有一些其他方法来探索系外行星，我们将提到其中的几种。

理论上，天体测量法是个好方法，因为它有利于发现那些远离主恒星并只能从正面，而不是从侧面看到轨道的行星，这与视向速度法和凌星法恰恰相反。天体测量法所基于的想法是，与行星一起绕质心运行的恒星与它在银河系中的运动呈现出叠加在一起的摆动动作，并且我们可以十分精准地测量出运动位置。这种方法有利于寻找远离主恒星的行星，因为距离越远，质心离恒星就越远，因此摆动振幅就越大。不幸的是，位置更远的行星绕轨道运行的时间更长，因此有必要延长（通常需要几年）对恒星的观测来研究它的运动。迄今为止，美国国家航空航天局系外行星档案馆只公布了一颗用这种方法发现的行星（它的名字并不好记，叫作 DENIS-P J082303.1-491201 b），它围绕一个褐矮星双星系统运行，而且它到底是一颗行星，还是本身就是褐矮星也值得怀疑。但无论如何，盖亚卫星测量恒星位置的极高精准度仍然预示着未来的发展。

另一种方法是微引力透镜法。它利用的是广义相对论所预言的一种现象，即天体的质量会引起空间弯曲。在某些情况下，就像透镜通过改变光线的方向使光线聚拢一样，由天体引起的弯曲可以改变它后方的天体所发出的光线的照射方向，像透镜一样将其聚焦到对我们有利的位置，使我们看到后面的天体更加明亮。现在我们假设一颗恒星对一颗更远的恒星起着引力透镜的作用：如果前者有行星，这颗行星将对它的质量会有略微影响，并以一种微小但可察觉的方式增强对远处恒星的引力透镜效应，从而显示出这颗行星的存在。这种方法的优点在于，它不仅适用于遥远的恒星，还适用于小质量的行星，尤其是处在距主恒星1—10个天文单位的行星，也就是一些距离相对较远的行星。这个方法最大的弊端就是引力透镜效应只持续几天或几周，在那之后，由于两颗恒星在银河系中的运动，它们会发生错位，不再重合。

拓展阅读
通过凌星法得出了什么

正如我们在视向速度法中看到的那样，通过行星公转周期可以得到它与主恒星的平均距离。然而，在这种情况下，我们无法估测行星质量，因为凌星法并不基于引力效应，而是基于几何效应。但我们可以从恒星光线变暗程度中推断出行星的半径，恒星光线越暗，行星与恒星的半径之比就越大。如此一来，人们可能会问：半径和质量都知道岂不是更好？那当然，这就是为什么在用凌星法发现一颗行星后，人们还要尝试用视向速度法去测量，这样也就可以知道该行星的质量了。此外我们还注意到，如果行星凌星，就意味着我们看到的是轨道的侧面，也就是说我们处于理想位置，我们所预估的质量就是行星的实际质量，而不是它的质量下限（见第107页方框）。如果我们知道了质量和半径，我们就可以推断出平均密度，这让我们对所发现的行星可能具有的结构有了初步的了解，例如，它可能是岩质行星或是类木行星。

凌星行星

　　行星 GJ1214b 的艺术图像。该行星通过凌星法被
发现，距离我们 48 光年，是一个直径比我们行星大
2.7 倍的超级地球。它可能是一个岩质行星或是一个小
型海王星。还有人假设它是一颗海洋行星，即完全被
液态水所覆盖（我们将在第六章中讨论这颗行星），目
前来看，海洋行星是这颗行星的最佳候选类型。

● 图片来源：欧洲南方天文台 /L. Calçada。

下图 艺术家所绘制的美国国家航空航天局开普勒太空望远镜，该望远镜在 2009 至 2018 年间发现了 2500 多颗系外行星。图片来源：艾姆斯研究中心/W. Stenzel。

左图 目前正在进行中的盖亚任务，来自欧洲。该任务旨在极其精确地测量出 10 亿颗恒星的位置，并通过天体测量法寻找系外行星。图片来源：欧洲航天局。

另一个想法是基于反射或发射调制法。我们想象一颗靠近主恒星的行星：它会接收大量光线，并反射出其中的一部分；除此之外，如果它被恒星加热，还将发出大量的红外辐射。红外辐射是一种波长很长的"光"，肉眼不可见。物体在室温下也会发出这种辐射，而且也正是因为这种辐射，人们才有可能在黑暗中用热成像仪进行夜间观察。几百摄氏度或上千摄氏度的天体会发出大量的红外辐射。随着行星绕主恒星运转，行星会以被照亮的一面的不同部分朝向我们，有点儿像月球的月相，所以我们可以试着从更亮的恒星的光中提取出有变化的部分，从而分离出行星造成的影响。科学家们通过这种方式，于 2015 年首次观察到了一颗行星的反射光，就是飞马座 51b，而且还以这种方式发现了一些以前未知的行星。

最后，凌星时间变分法使我们能在已经用凌星法找到了行星的地方发现一些尚未可知的行星。事实上，如果有一颗尚未被发现的行星，尤其是质量大且接近已知

拓展阅读
从太空进行的研究

在运用凌星法发现行星方面，真正的突破归功于美国国家航空航天局的开普勒太空望远镜。它于 2009 年发射，一直运行到 2018 年。它在天鹅座、天琴座和天龙座天空观测了 15 万颗恒星，并发现了 2500 多颗行星。目前有三项任务正在运行：欧洲的盖亚任务（GAIA）、系外行星特性探测器（CHEOPS），以及美国的凌星系外行星巡天卫星（TESS）。盖亚任务的目标是极其精确地测量 10 亿颗恒星（和其他天体）的位置，我们希望通过天体测量找到更多行星。除此之外，通过对恒星亮度的测量，还可以找到凌星的行星。凌星系外行星巡天卫星也旨在寻找凌星行星，尤其是和地球差不多大的行星；它所观测的太空面积比开普勒太空望远镜大 400 倍。到 2020 年 8 月底，它已经发现了 67 颗行星，并确定了数千颗值得进一步观察的天体。最后，系外行星特性探测器的目标则不在于发现新的行星，而是更进一步了解那些已经发现的行星，尤其是确定已知质量的行星的半径，以估算其密度和组成。2020 年 4 月，系外行星特性探测器开始对它的第一颗行星进行观察。

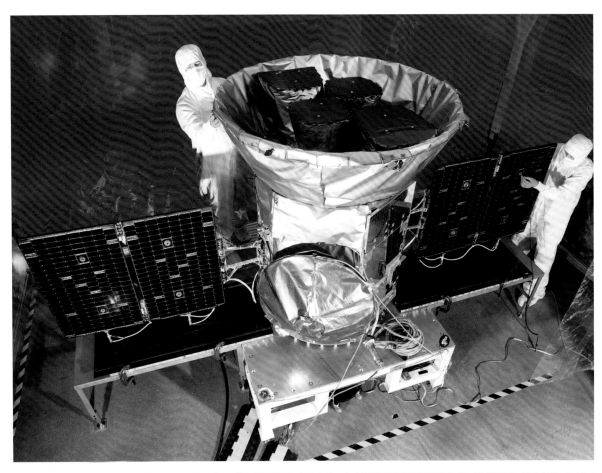

上图 2018 年 4 月 18 日发射前的美国星际探测器：凌星系外行星探测卫星（TESS）。当时它已经利用凌星法探测到了许多系外行星。图片来源：Orbital ATK。

行星的未知行星，它就会扰乱已知行星的轨道，使它们的凌星呈现非完美的周期性。恰恰是这种凌星周期的变化体现出了未知行星的存在。这是 21 世纪基于海王星的发现的一种理念更新（见第 72 页方框）。

直接成像

说到这儿，我们应该可以明确一点，即以当前所述方法发现的系外行星，实际上我们根本看不见。人们可以推测出它们的存在，但不能直接看到它们。从某些方面来看，这是一个令人沮丧的结果。直接影像法，也就是英语所说的 direct imaging，到目前为止都收效甚微，但它仍然很重要。能够真正地看到一颗行星，即使是恒星旁边的一个小点，也是一种独特的体验。因为，对我们人类来说，眼见为实。直接影像对于观测远离恒星的行星来说更有效：在这种情况下，行星微弱的光芒与恒星的强光分离得更明显。人们渴望捕捉到由恒星发射出的可见光和行星反射出的可见光（就像能看见太阳系中的行星一样），以及行星本身发出的红外辐射；如果行星是一个年轻而炙热的天体，那红外辐射则会更强。例如，

2008 年我们拍摄到了恒星 HR 8799 附近的三颗行星：这是一个年轻的恒星系统，这些行星仍在释放一部分它们形成时产生的热量。红外观测还有进一步的好处：恒星比行星更热，这意味着恒星所发射出的光更偏向于可见光，而行星发射的则是纯红外辐射。

大体上看，筛选红外辐射对后者来说更加有利，因为这使行星能在最适合它们的地方发挥特长。为了做到这一点，人们使用一种称作星冕仪的特殊仪器来尝试遮蔽恒星发出的光。到目前为止，已经有大约 50 颗行星被直接观测到，而随着仪器越来越先进，这个数字有望在未来大幅增加。例如，欧洲南方天文台帕瑞纳尔天文台的一架望远镜配备了名叫光谱偏振高对比度系外行星研究仪（SPHERE）的设备，专门用于直接观测系外行星，并且已经取得了一定的成功。2020 年 7 月，由莱顿天文台的亚历山大·博恩（Alexander Bohn）领导的天文学家小组在《天体物理学杂志》上宣布，他们用这台仪器首次拍摄到了两颗行星绕恒星 TYC 8998-760-1——一颗距离我们 310 光年的类太阳恒星——运行的直接影像。

这张由欧洲南方天文台的望远镜在 2004 年拍摄的红外图像的左下角展示了第一颗直接观测到的系外行星：2M1207 b。然而，它所围绕的并不是一颗真正的恒星，而是一颗褐矮星——一颗质量非常小的"失败的恒星"。褐矮星的亮度比普通恒星低得多，对行星的拍摄因此容易了许多。此外，2M1207 b 很大，是木星质量的 5 倍，并且距主恒星很远，几乎是太阳到海王星距离的 2 倍，所有这些情况都有利于成像。图片来源：欧洲南方天文台。

右图 安装在欧洲南方天文台极大望远镜上的光谱偏振高对比度系外行星研究仪运用直接影像法对 TYC 8998-760-1 周围两颗巨大的行星进行了红外观测，TYC 8998-760-1 是一颗距离我们 310 光年的类日恒星，它的亮度被遮挡，以此防止它的亮度超过行星亮度。这张照片发布于 2020 年 7 月 22 日，是首次直接拍摄到多颗行星绕类日恒星运行的图像。图片来源：欧洲南方天文台 / 波恩等。

一万亿颗行星

自从仪器变得足够灵敏，适当的观测策略制定成型，系外行星就开始被慢慢发现了。当发现质量较小或距离主恒星更远的行星开始成为可能，我们也开始逐渐真的找到这样的行星。此外，正如我们在下一章中将看到的，我们在附近的恒星周围也发现了几颗行星。这一切都引向了一个结论：系外行星数量众多。如果系外行星的数量很少，我们就不会立刻发现它们，也做不到真正找到它们。此外，如果系外行星很罕见，我们也很难相信太阳附近的恒星会有行星。就好像我们买了一辆漂亮的新车，刚从车行出来没几分钟就在路上看到了好几辆一样的车，那么我们的结论是，这是一款非常畅销的车型，还是它在市场上是限定款，只是碰巧都聚集在我们这个地区？显然第一个结论更合乎逻辑。

基于这些考虑，如今，天文学家认为大多数恒星——若不是所有恒星的话——有行星。如果我们认为在银河系中有 3000 亿—4000 亿颗恒星，大概平均每颗恒星都有 1 颗以上的行星，那么结论就是，从数量级上来说，会存在 1 万亿颗行星，也可能是 0.7 万亿颗或 3.5 万亿颗，但肯定数量巨大。这一认知改变了人类在星空下仰望天空的方式。我们看到许多星星[①]，但此外，即使看不见，我们也知道，在那里还有着无数颗行星。

截至目前（2020 年 10 月初），我们已经发现了 4354 颗行星，这就意味着还有许多颗行星要寻找。大部分已知行星的轨道周期相对较短，不到 100 天，但这显然是一种选择性偏差；正如我们所看到的，两种最有效的方式都倾向于看到靠近主恒星的行星，它们的轨道周期都很短。它们大多数的半径和质量比地球大，这同样是因为半径和质量更大的行星更容易被发现。在中小型行星中，人们发现存在很多所谓的"超级地球"，即比地球大但比海王星小的行星。这填补了太阳系中没有这类行星的空白，但其他星系中有很多超级地球。大多数已知的系外行星在距离我们 1000—1500 光年的范围内，但还有一些系外行星则更远，有些甚至是在银河系的中心区域被发现的，距离我们 2.7 万—2.8 万光年。

如今的任务就是对大量的系外行星进行辨认，其中一些行星与太阳系行星截然不同。当然，还要继续寻找那些与地球类似的、可能宜居的行星。

---

① 意大利语中"星星"和"恒星"是同一个词，所以本句话也可理解成"我们看到很多颗恒星"，与下文星星相对。——译者注

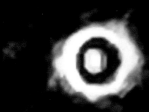

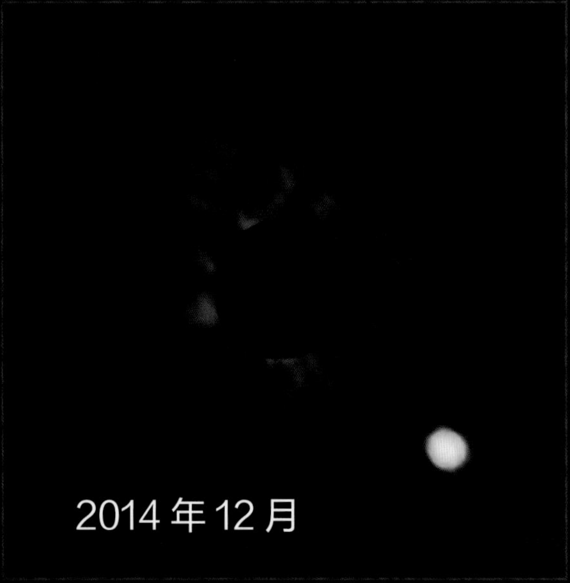

2014 年 12 月

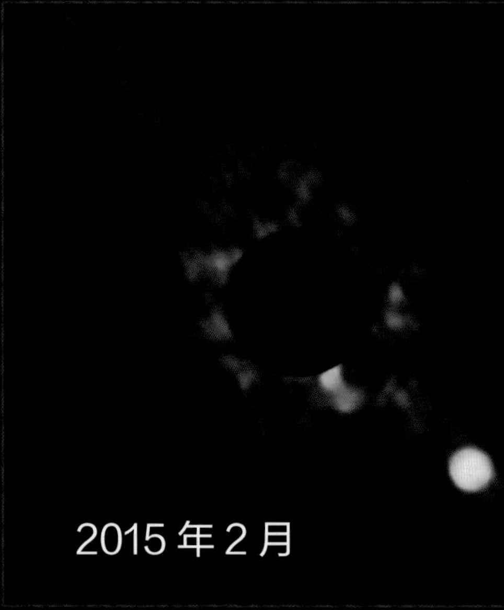

2015 年 2 月

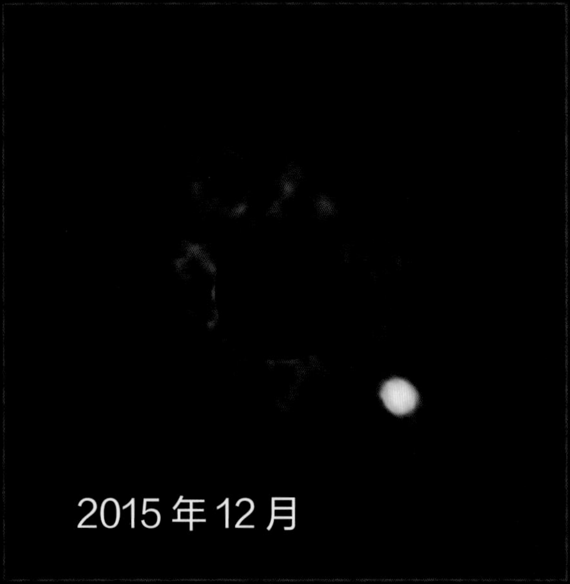

2015 年 12 月

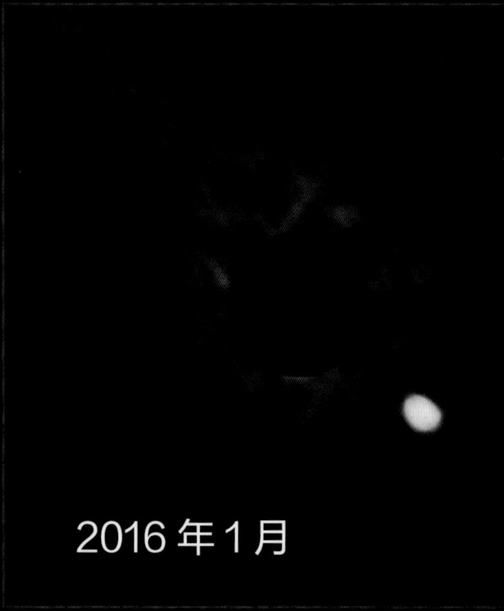

2016 年 1 月

年轻且炙热的行星

安装在智利欧洲南方天文台极大型望远镜上的光谱偏振高对比度系外行星研究仪在进行红外观测时，对绕主恒星运转的行星绘架座 βb 进行了多次拍摄。它的运行距离类似于土星到太阳的距离，是迄今为止运用直接影像法观测到的轨道最小的系外行星。能够观测到它，是因为在红外观察中这颗行星是一个相当明亮的天体；事实上，它非常年轻，而且还很炙热，温度达到约 1500℃。这个星系距离我们 63 光年，估计它有 2000 万年到 3000 万年的历史。恒星绘架座 β 比太阳大 1.8 倍，亮度比太阳高 9 倍。

● 图片来源：Consorzio ESO/Lagrange/SPHERE。

2016 年 10 月

2015 年 9 月

2015 年 11 月

2016 年 3 月

2016 年 4 月

2016 年 11 月

2018 年 9 月

第八章

非凡的世界

如今，我们已经找到了数以千计的系外行星，我们变得更加苛求。我们开始寻找那些处于恒星宜居带的星体，并想要分析其大气层。因为我们早晚会为我们的文明找一个新的家园：这是我们的最终目标。

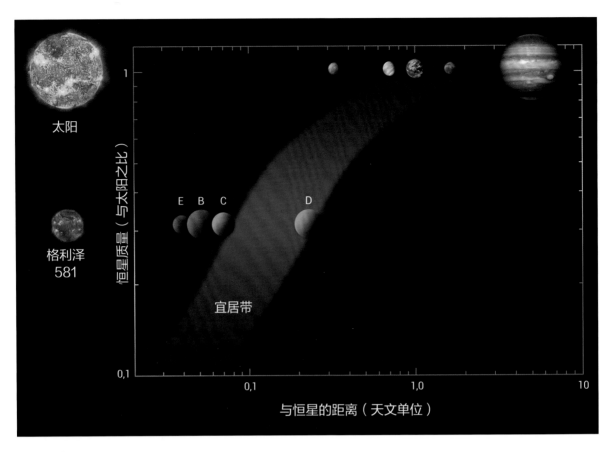

上图 蓝色条纹代表恒星宜居带的距离。值得注意的是,微弱的红矮星格利泽581的宜居带比太阳的宜居带近得多。格利泽581有一个至少包含四颗行星的星系,其中的一颗,格利泽581d,是位于宜居带内的岩质行星。图片来源:欧洲南方天文台。

上一页 行星格利泽667Cd的艺术图像,它围绕恒星格利泽667C运行,可以看到那颗恒星在天空中位于另一颗行星朦胧的月牙旁。格利泽667C属于一个三星系统,另外两个恒星系统也在空中可见,但亮度更暗,距离更远。人们怀疑在格利泽667C的宜居带内共存在三个超级地球。图片来源:欧洲南方天文台/M. Kornmesser。

  1万亿:这是我们认为银河系中可能存在的行星数量的数量级。这其中将会有各种各样的行星:炙热的、温和的及寒冷的行星;大型行星、中等行星和小型行星;有大气层的行星和没有大气层的行星;有云层覆盖的行星和空气清朗的行星;等等。你们最喜欢的颜色是什么?或者,你们最喜欢的颜色组合是什么?很可能确实有一颗行星的颜色就是你们喜欢的颜色,甚至还可能有数百万颗这样的行星。另外,你们希望你们的星球上有什么呢?它是干旱的还是有液态水海洋的?又或者,是甲烷海洋?你们想在外星海洋上看外星日落吗?水和甲烷是常见的化合物,只要看看太阳系就知道了……谁知道在多少系外行星上也能找到它们。而我们在系外行星上想要找到的最宝贵的东西是什么呢?黄金还是钻石(顺便说一句,有的行星上真能找到)?都不是。最宝贵的是生命。我们对种类繁多的系外行星的探索就从这里开始:从那些最适合承载生命形式的行星开始。

宜居带

假设在遥远的未来，访问系外行星成为可能时，银河系中有一家彩票站从系外行星中随机抽取一颗，将去那里旅行作为中奖者所获得的奖励。如果你们赢得了这个奖励，会不会在不预先知道是哪颗行星的情况下即刻启程？最好不要。你会有去往 WASP-19 b 上的风险。WASP-19 b 是一颗绕类日恒星运行的热木星，但它与主恒星的距离只有地球到太阳距离的 1/60，那里的温度预计有 2000℃。或者，你会赢得一张去往 OGLE-2005-BLG-390Lb 的票，这颗行星距其主恒星 2—4 个天文单位，主恒星亮度比太阳暗得多，这使得这颗行星的温度为 -200℃。但如果彩票站给我们选择的机会，我们可以考虑不那么极端的行星，例如一颗位于主恒星宜居带内的行星。

宜居带是一个环绕恒星的带状区域，它与主恒星的距离能够允许带中的行星上有液态水存在，也就是说，那里既不会太热也不会太冷。然而，行星位于宜居带内并不能保证那里确实有液态水存在；没有液态水可能是因为那里有水但没有大气，因为在 0 气压的情况下水无法以液体存在，只能是固体或气体。这有点像火星的情况：它位于太阳系宜居带外缘，所以那里曾经有液态水，但随着大部分大气的消失，液态水也不见了。因此，行星位于宜居带内并不能保证它确实是宜居的。在太阳系中，除了火星，当然也除了地球之外，在宜居带内还有第三个天体，就是月球，但它完全不适合生命存在，因为月球没有大气层。所以，仅仅在宜居带内是不够的。事实上，甚至没必要在宜居带内；只需看看太阳系的木卫二，它是除地球外最宜居的天体，虽然位于宜居带以外，但它有自己的内部热源，使水能保持液态。尽管如此，宜居带仍是最可能发现真正宜居天体的地方，甚至是发现"外星地球"的地方。

但能诞生奇迹的地方到底在哪里？天文学家们对此还有争议，有些人认为宜居带很宽，有些人认为它很窄。在确定其边界时，还需要考虑到大气层的存在和成分类型在确定行星表面的真实情况方面也起着重要作用——金星就是一个例子。因此，宜居带的概念还是模糊不清的。根据各项预估数据的平均值，

拓展阅读
小小的坏家伙：红矮星和宜居带

红矮星是质量和亮度最低的恒星。因此，它们的宜居带非常近，带中的行星都暴露在强烈的潮汐效应下。这使行星与恒星形成了潮汐锁定，始终以同一面面向恒星，因此就有了一个始终处于白昼的较热的半球，和一个始终处于黑夜的较冷的半球。这种行星不是寻找生命形式最理想的地方，尽管在明暗交界的地带有持续的黄昏，那里倒可能是一个不错的地方。厚重的大气层可能也会有帮助，因为它能帮助分散热量。此外，红矮星经常会出现耀斑，也就是容易爆发出巨大的能量，从而大大增加亮度。例如，比邻星就是一颗红矮星，其宜居带内有一颗行星；比邻星有时会发出强烈的耀斑直射在行星上，就可能会破坏其存在的大气层。2018 年，人们观测到一个超级耀斑使这颗恒星的亮度增加了 68 倍。如果是出现超级耀斑、亮度增加 68 倍的是太阳，就算只是很短一段时间，地球会怎么样？

我们认为太阳系中宜居带的范围在0.8—1.7个天文单位，将金星排除在外，但包括靠近内缘的地球和靠近外缘的火星。此外，正如我们已经观察到的那样，随着时间的推移，太阳亮度缓慢增加，这使宜居带逐渐向外移动；很可能金星在很久之前处于宜居带里。还有地球，即使现在在靠近内缘的内部，但10亿年或20亿年后它也会离开宜居带。

那么在其他星系中呢？这取决于恒星的亮度：对于暗淡的恒星来说距离较近，对于明亮的恒星来说距离较远。比邻星是离太阳最近的恒星，比我们的恒星暗，亮度只能达到太阳的1/600；在它周围，宜居带位于0.033—0.069个天文单位，因此，水星在那里也可能会结冰；而天狼星亮度比太阳高25倍，它周围的宜居带位于4—8.5个天文单位，所以会落在木星系统的位置上；如果木卫二上有充足的大气，它的冰壳就可以融化成液态水，并赋予其表面海洋以生命；老人星亮度比太阳高10700倍，其宜居带就位于83—176个天文单位，所以就算是海王星，在那个系统中也会非常热。

跨页图 在这张欧洲南方天文台的帕瑞纳尔天文台拍摄的图片中，可以看到夜空中最亮的两颗星：天狼星（左上）和老人星（右上）。天狼星的亮度是太阳的 25 倍，而它如果占据了太阳的位置，木星上就会温暖宜人。如果换成比太阳亮1.07 万倍的老人星，就连海王星都会变得很热。图片来源：欧洲南方天文台 /Y. Beletsky。

系外行星的大气层和外星地球

大气层是系外行星可居住性的一个关键因素。想在一颗通常肉眼不可见的系外行星上发现一层覆盖着它的稀薄气体，似乎是一项难以完成的壮举。但并非完全如此：当一颗行星在其恒星前经过时，如果它有大气层，这个大气层就会将恒星的光过滤并吸收，吸收的方式取决于气体成分。这种影响微乎其微，因为大气层只能遮盖恒星圆盘形的极小一部分。但仔细观察恒星光谱，还是能够找到一些气体的蛛丝马迹的。还可以观察恒星，但不是在行星凌星时观察，而是在行星位于恒星后面时。由于行星的大气层通常会发射红外线，所以在行星可视时和被遮住时，恒星的光谱会出现差异，这有助于区分出行星大气所带来的影响。

通过这种方式，我们发现了含有水蒸气、二氧化碳和甲烷等的系外行星大气层。水蒸气的存在是最能引发人们兴趣的，因为，水蒸气可以在宜居带内的岩质行星表面上凝结成海洋或湖泊。2019 年传来了人们期待已久的消息：帝国理工学院的安捷罗斯·兹亚拉斯（Angelos Tsiaras）及其同事于 9 月在《自然天文学》上刊发的一篇文章，以及蒙特利尔大学的比约恩·本内克（Björn Benneke）及其同事借助开普勒空间望远镜、斯皮策太空望远镜以及哈勃太空望远镜拍摄的数据于 12 月在《天体物理学杂志》上发表的另一篇独立文章，都表明系外行星 K2-18 b 的大气层中存在水蒸气。K2-18 b 是一颗超级地球，比我们的行星大 2 倍，质量大 9 倍，位于我们 124 光年以外的一颗红矮星的宜居带内。这颗行星所吸收的能量约相当于地球所吸收太阳能量的 94%，这就为人们带来了希望，也许这颗行星上的某些地区，可以足够温暖到能够得到液态水。当然，这都基于它具有固体表面的假设——这一点其实仍不确定，因为人们不知道这颗行星是岩质行星还是更像一个小海王星。

一个微型行星系

恒星 TRAPPIST-1 比太阳暗，亮度约为其 1/2000。它的宜居带就在近处环抱着它。该星系包含整整 7 颗地球大小的行星，所以这是一个真正的微型行星系，其中最遥远的行星与母恒星的距离是水星到太阳距离的 1/6，还有三颗行星位于宜居带内。行星之间的距离如此之近，以至于站在其中任何一颗行星上仰望天空，所看到的其他行星都不是亮点，而是圆盘，就像我们从地球上看月球一样。很可能所有的行星轨道都是同步的。

大气层和水蒸气

　　艺术家所绘制的系外行星 K2-18 b，以及更远处的 K2-18 c（K2-18 星系中另一颗可能存在的行星）。K2-18 b 是一颗位于主恒星宜居带内的超级地球，主恒星是一颗距太阳系 124 光年的红矮星。2019 年人们在 K2-18 b 的大气层中发现了水蒸气，尽管在其他系外行星的大气层中已经发现了这种气体，但这是第一次同时出现两种情况，系外行星位于宜居带，并且大气层中还存在水蒸气。这使 K2-18 b 变得很有意思，尽管人们并不知道它是岩质行星还是更类似一个小海王星。此外，它可能与主恒星潮汐锁定，总是以同一面面向恒星。但我们仍处于研究的初始阶段，如果这里也没有液态水，那肯定会在其他行星上找到的。

● 图片来源：欧洲航天局 /Hubble, M. Kornmesser。

无论如何，K2-18 b 的轨道在红矮星附近的事实使科学家们怀疑它可能会受到耀斑的影响，并可能被潮汐锁定，这使人们对其实际的可居住性持怀疑态度。为了描述系外行星与地球的相似性，天文学家发明了 ESI，即地球相似指数（Earth Similarity Index），其指数范围在 0（相似性最低）和 1（相似性最高）之间。其中考虑了行星的大小、结构及其表面条件。在指数最高——约为 0.9 或更高——的行星中，有绕红矮星运行的、大部分情况下看起来很安静的蒂加登 b，和一般来说比较活跃的红矮星 TRAPPIST-1 旁绕其运行的 TRAPPIST-1d 和 TRAPPIST-1e。

但最重要的一点是，由于系外行星数量众多，应该会有很多符合条件的行星，或许还位于不那么有敌意的恒星附近。未来研究的方向将不只是在潜在宜居行星上寻找水蒸气，还将寻找生物标志物，即与生命相关的大气成分，如甲烷和氧气，在地球上这些气体就是由生物释放出来的。它们在系外行星大气层中的存在同样不能保证有生命存在，因为它们也可以由其他自然现象产生，但一颗地球大小的行星上如果有这类气体和水蒸气，并且可以肯定它是一颗位于比较平静的恒星的宜居带内的岩质行星，最好还没有被潮汐锁定，那么它就是代表"外星地球"的最佳候选天体。正在进行的研究和那些将利用更精密的新仪器——如将于

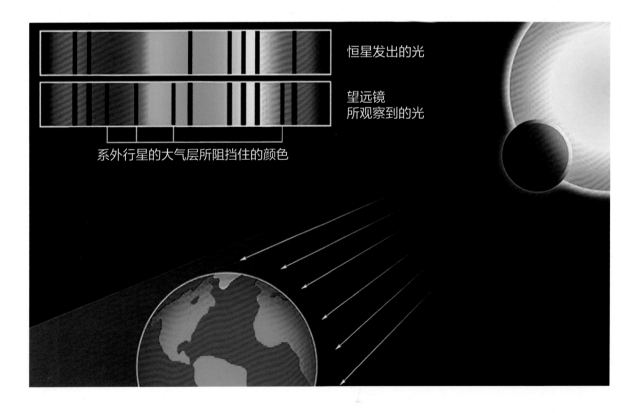

恒星发出的光

望远镜所观察到的光

系外行星的大气层所阻挡住的颜色

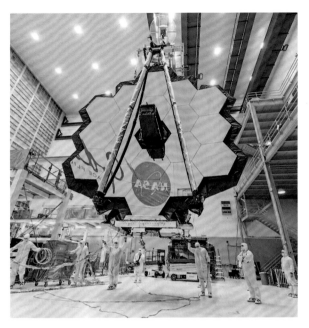

左图 詹姆斯·韦布空间望远镜的主镜，于 2021 年年底发射。图片来源：美国国家航空航天局 /Desiree Stover。

下图 预计于 2025 年左右投入使用的欧洲特大望远镜（ELT）的效果图。它将有一个直径 39 米的主镜，是当今最大的望远镜的三倍以上。它将建在智利的阿玛逊斯山上。图片来源：欧洲南方天文台 /L. Calçada。

右图 水在宇宙中很常见，人们认为许多行星的表面都有液态水存在。在这张图片中可以看到地球（图片右侧）和艺术家所绘制的一些表面存在水的系外行星，在某些情况下（左一）整个表面可能都被液态水覆盖。这就是所谓的海洋行星。图片来源：美国国家航空航天局。

2021 年 10 月发射的詹姆斯·韦布空间望远镜以及欧洲将于 2025 年投入使用的巨大的地面望远镜，ELT（欧洲特大望远镜）的研究使人们充满了希望。我们是人类历史上第一代发现其他恒星的行星的人，可能也是——或者是现在正坐在学校课桌前的下一代天文学家——第一代发现一些行星上可能存在生命形式迹象的人。几千年来，宇宙中关于生命的问题首次走出纯哲学理论领域，进入了科学领域。

最近的系外行星

在色彩斑斓的系外行星世界中，离我们最近的系外行星扮演着十分重要的角色，因为它们将是我们在未来最先到达的行星；但那并不意味着它们真的很近。尽管星际旅行迟早会成为现实，但目前，我们的技术还远不能达到（见第 135 页方框）。离太阳系最近的恒星比邻星有一颗行星，即 2016 年 8 月宣布发现的比邻星 b，它位于距离主恒星 0.05 个天文单位的宜居带内。该行星通过径向速度法被发现，我们知道它的质量下限比地球大 17%，并且可能是一颗岩质行星。2020 年 1 月，意大利国家天文物理研究所都灵天文观测台的马里奥·达马索（Mario Damasso）及其同事在《科学前沿》上刊发的论文中宣布，那里可能还存在另一颗行星，比邻星 c，它是一颗位于宜居带外、距主恒星 1.5 个天文单位的超级地球，该消息随后也得到了证实。从比邻星的行星上看到的天空会是什么样子呢？在比邻星 b 这颗行星上，比邻星看起来比太阳大 3 倍；尽管它的体积只是太阳的 1/6.5，但比邻星 b 离它非常近。而在比邻星 c 上，可以清晰地发现比邻星显得更小且更暗了，亮度介于我们天空中的太阳和月亮。但在晚上，那里看到的

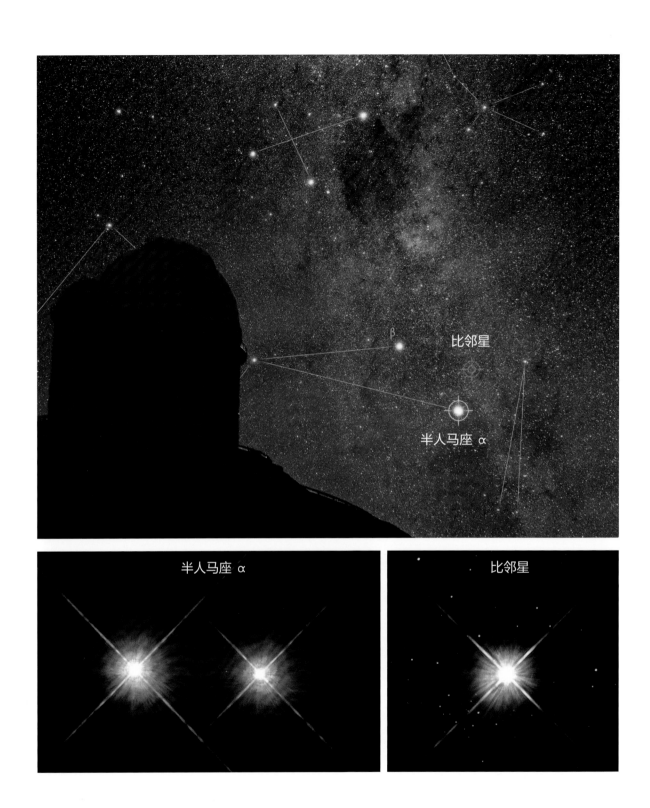

上图 该图显示了比邻星在天空中的位置（橙色圆圈）。这颗微弱的恒星尽管是离太阳系最近的恒星，肉眼却不可见。然而，清晰可见——但从欧洲看不到，因为它非常靠南——是半人马座 α（黄色圆圈），它是整个天空中第三亮的星星，在望远镜中可以看到它的 A 星和 B 星。图片来源：Y. Beletsky (LCO)/ 欧洲南方天文台 / 欧洲航天局 / 美国国家航空航天局 /M. Zamani。

星际旅行

要到达其他恒星，就需要新技术。比邻星离我们几乎比海王星还远 1 万倍；旅行者一号探测器是正在离开太阳系的速度最快的探测器，以它的速度也需要 7.5 万年才能到达比邻星。这太漫长了。人们认为可利用的技术中包括核聚变。但我们现在在地球上的大型工厂中都不知道要如何控制它，更不用说将其微型化用于探测器的引擎了。其主要技术障碍并非不可克服，我们若是大胆猜测，预计 50 年内在地球上就可拥有可利用的核聚变，并在 100 年内拥有第一个应用核聚变的星际引擎。试想一下：100 年对人类来说是很长一段时间，但同历史长河相比其实十分短暂。即使最后需要 200 年或 300 年，我们仍可以说，从历史角度来看，我们正处于星际旅行的起始阶段。

另一项可能更早出现的技术是激光帆。利用光压，一艘配有帆的轻型航天器可以在被强激光照亮时加速到极高速度，例如光速的 20%，这样它就可以在短短 20 年内到达比邻星。问题是找到一种非常轻但又极其结实的材料，使其能够承受与星际尘埃颗粒的碰撞，因为在如此高速度的运动中，那些颗粒会变成像是对激光帆射击的子弹。

星宿基本与地球上看到的一样，只有较近的几颗恒星会出现偏移。猎户座的位置基本上完全一致，但大犬座中没有了天狼星，因为它会出现在猎户座，并且非常接近参宿四。那颗行星上如果有居民，对它们来说这两颗闪闪发光的星星肯定会是最引人瞩目的。谁知道它们会创造出什么传说……然后看向仙后座的恒星所绘制出的 W 形，它与我们在这里看到的同样十分相似，只除了那里多出了一颗明亮的星星，样子或多或少像我们天空中的南河三——它就是我们的太阳，在这些行星的天空中非常美丽。天狼星仍会是天空中除了半人马座 α 星 A 和 B 以外最亮的星；半人马座 α 星 A 和 B 是一对恒星，尽管距比邻星 1/6 光年，但受引力影响与比邻星相互吸引，形成了一个三星系统，所以比邻星也被称为半人马座 α 星 C。那里的天空中看到的半人马座 α 星 A 和 B 分别会比我们天空中的金星看起来亮 6 倍和 2 倍左右。

我们若继续往外走，就会到达巴纳德星，一颗 6 光年以外的红矮星，是继半人马座 α 星系后离我们最近的恒星，还有一颗围绕它运行的超级地球。在近处的恒星当中最有意思的则数天苑四和天仓五。长期以来，这两颗恒星一直在我们的密切观察之中，因为它们是离我们最近的两颗类日恒星，分别距我们 10.5 光年和 11.9 光年。事实上，它们和太阳的区别并不大，只是都比太阳暗一点；天苑四亮度是太阳的 1/3，天仓五亮度则是太阳的一半。在发现行星无处不在之前，它们是我们最早试图寻找行星的恒星中的两颗，当时人们有理由认为要从类日恒星开始寻找。确实，这两颗恒星都有行星。天苑四被两条小行星带围绕着，还有一颗已确认的行星和一颗仍未确定其存在的行星，它们都在宜居带外。而天仓五有一个包含了 4 颗行星的系统，人们认为它们是超级地球，其中 1 颗靠近宜居带的内缘，还有 1 颗靠近宜居带的外缘。如果再加上天仓五星系有着近乎 60 亿年历史，而天苑四星系历史不到 10 亿年的事实，就能得出结论，前者是离我们最近的、与太阳系最相似的星系。当星际飞行成为可能时，它肯定会成为星际飞行的首要目标。

奇怪的系外行星

　　数不胜数的系外行星数量巨大，其中肯定有一些会因为它们与太阳系行星截然不同而让我们感到惊讶。那么，想象一下我们开始了一段旅程，以距离我们 245 光年的行星开普勒 16b 作为此行的第一个目的地。设想在夜间我们不着陆在这颗行星上——因为它是一颗类木行星——而是降落在它可能有的卫星上。如果我们星系中的类木行星有很多卫星，为什么开普勒 16b 不能有呢？假设那里还有大气层。天气非常冷，大约 −100℃，但我们有装备来应对低温。夜空会变得面目全非，我们会观赏到巨大的开普勒 16b，而且即使看到的星星比从地球上看到的多得多，星座的形象已经全然改变了。再用心些，我们可能辨认得出那些十分明亮的星星，如红超巨星心宿二和参宿四，它们从地球上也能很清楚地看到；但我们看不到我们的太阳，因为它低于肉眼可见的阈值。我们焦急地等待日出，哪怕只是为了能暖和一点。随着晨曦终于到来，它出现了——恒星开普勒 16A，这个遥远星系的太阳。从那里看，它的大小和我们天空中的太阳差不多，但亮度却暗许多，只有地球上看到太阳的亮度的 1/3，颜色也更加橙黄。在它的照射下，温度上升至 −70℃ —−80℃，升高得不多；而片刻之后，我们注意到一件让人

右图 海洋行星的幻想图像。图片来源：美国国家航空航天局 / 阿姆斯特朗航空研究中心 / 加州理工学院喷气推进实验室。

下图 行星开普勒 16 b 在其两个太阳前经过的艺术图像。图片来源：美国国家航空航天局 / 加州理工学院喷气推进实验室。

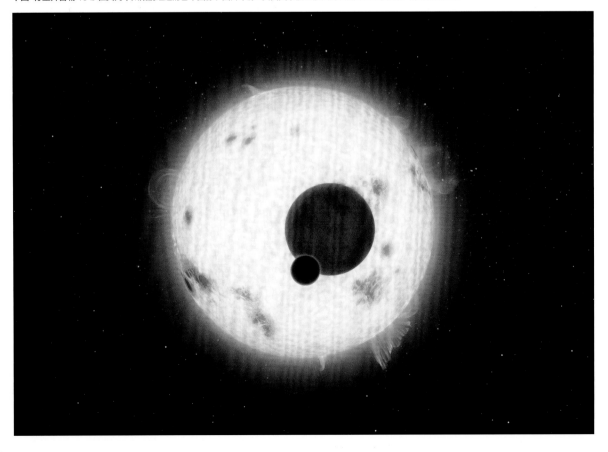

意想不到的事情，从地平线升起了另一个太阳，即恒星开普勒 16B，是开普勒 16A 的 1/3，亮度只有它的 1/25，颜色偏红。这里的每个天体都会投射出两个不同颜色的影子。如果这看起来就很不寻常，那么在这个地方待上几个月还能看到两个太阳之间彼此构成的日食。有时，是大太阳遮盖住小太阳，有时则会发生更壮观的事，小太阳经过大太阳前，就像被镶嵌在大太阳上了一样。毕竟，我们在一颗环双星运转行星——即绕两颗恒星运行的行星——的卫星上。

　　双星或聚星系统[1]也可以拥有行星，这些系统有稳定的轨道，但不是所有的轨道都能够允许行星正常运行。一种与开普勒 16 不同的情况是，行星靠近其中一颗恒星运转，而其他恒星在更远处运行。这就是我们之前看过的比邻星和半人马座 α，或者是位于仙王座的恒星系统少卫增八的情况，一颗行星在一颗比太阳大 5 倍的橙色恒星周围 2 个天文单位远的轨道上运行，而另一颗红矮星则在 20 个天文单位以外的轨道运行。

　　现在我们继续这趟旅程，来到开普勒 22b。它距地球 638 光年，在一颗类日恒星的宜居带内运行。我们假设它有一个和地球相似的大气层，使它温度宜人。向这颗行星降落时，我们发现自己正要降落在一片浩瀚的海洋上；我们的飞船没有这方面的装备，就需要不断移动寻找露出来的陆地。但没有陆地，海洋覆盖了整个行星。完全被水覆盖的系外行星确实存在，被称作"海洋行星"，而开普勒 22b 可能就是其中之一。

---

① 双星是两颗恒星各自在轨道上环绕着共同质量中心的恒星系统；聚星是三颗到六七颗恒星在引力作用下聚集在一起组成的恒星系统。——译者注

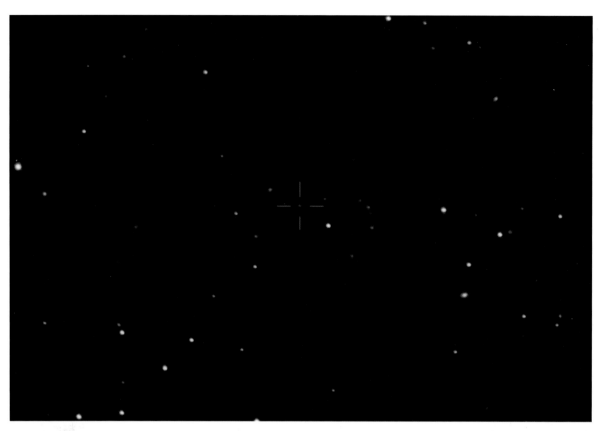

上图 十字标注了星际行星 CFBDSIR J214947.2-040308.9，通过其微弱的红外辐射得到了这张照片。图片来源：欧洲南方天文台 /P. Delorme。

右图 一颗星际行星的艺术图像。图片来源：美国国家航空航天局 / 加州理工学院喷气推进实验室。

黑洞周围的行星？

绕黑洞运行的行星的存在似乎是科幻电影的绝佳灵感，而电影《星际穿越》中也确实出现了这类行星。但它真的可能存在吗？日本鹿儿岛大学的和田桂一（Keiichi Wada）及其同事于 2019 年 11 月在《天体物理学杂志》上发表的一项研究作出了肯定的答复。他们的研究表明，在超大质量黑洞周围 10 光年的安全距离外有可能形成行星，而且其数量甚至能达到上千颗。

由于系外行星数量庞大且种类繁多，我们对陌生世界的探索可能永远不会结束。还有巨蟹座 55e 这颗行星，人们认为它富含碳元素，以至于其内部可能是由巨大的钻石组成，但最近的测量结果对这一结论提出了质疑。没关系，碳是宇宙中第四丰富的元素，我们确实能预料到碳元素聚集形成钻石，如果不在这里，也肯定是在其他地方。亚利桑那州立大学的哈里森·艾伦·萨特（Harrison Allen-Sutter）及其同事于 2020 年 8 月在《行星科学杂志》上发表的一项研究证实了这一点。这项研究表明，内部结构主要由钻石和硅酸盐组成的行星是可能存在的。另外，还有白矮星 WD J0914+1914，它正从那颗运行轨道紧挨着它的巨行星上抢夺物质，以及围绕脉冲星运行的 PSR J1719-1438 b，人们认为其内部由结晶碳组成，但密度比钻石大得多。最后，没有主恒星的行星。它们就是所谓的"星际行星"，在银河系的黑暗中独自徘徊。

人类的新家园

在电影《星际穿越》的最后一幕中可以看到人类殖民地出现在了一颗系外行星上。在影片中，人类必须放弃正迅速变得不适宜居住的地球，去寻找新的星球进行殖民。除了虚构成分之外，在非常遥远的未来，太阳将真正地使地球变得不宜居。时间是 10 亿年到 20 亿年之后，我们甚至无法想象我们将如何演变，更不用说我们将研发出什么样的技术：不谈数十亿年后，也不提数百万年后，而仅在数千年或仅仅数百年或十几年后，我们就将拥有今天难以想象的技术，例如星际旅行。但面对太阳的演变，除了离开之外，我们什么也做不了。银河系布满了行星，我们就必须找到合适的那些。我们现在甚至无法发送一个自动探测器，运载人类更不可能，不用说人类的大规模迁移了。但对两三个世纪前的人来说，登月似乎就像科幻小说一样；而我们未来所拥有的不是几个世纪，而是数十亿年。如果我们将变得有能力处理地球上的危机和问题，并成为一个更具智慧的物种——幸运的是，有一些迹象已经表明了这一点——我们就要努力迎接这个巨大的挑战。而且到那时，我们将会到其他星球殖民，并遇到外星智慧，如果外星智慧存在的话。系外行星的发现开启了一个十分漫长且划时代的过程：我们的物种将演变为宇宙物种。

奇怪的一对儿

　　白矮星 WD J0914+1914 从绕它运行的巨行星上抢夺物质的示意图。白矮星发射出的大量紫外线辐射撕裂了行星的大气层，大部分大气被散射到太空中，但也有一部分被白矮星的引力捕获，被捕获的物质形成了一个向恒星坠落的气体盘。这个盘的大小相当于几个太阳半径。该行星距白矮星 15 个太阳半径，运行周期为 10 天。当我们抱怨地球上今天有点太热或太冷，或者风太大时，我们要记住，还有的地方是这样的……

● 图片来源：欧洲南方天文台 /M.Kornmesser。

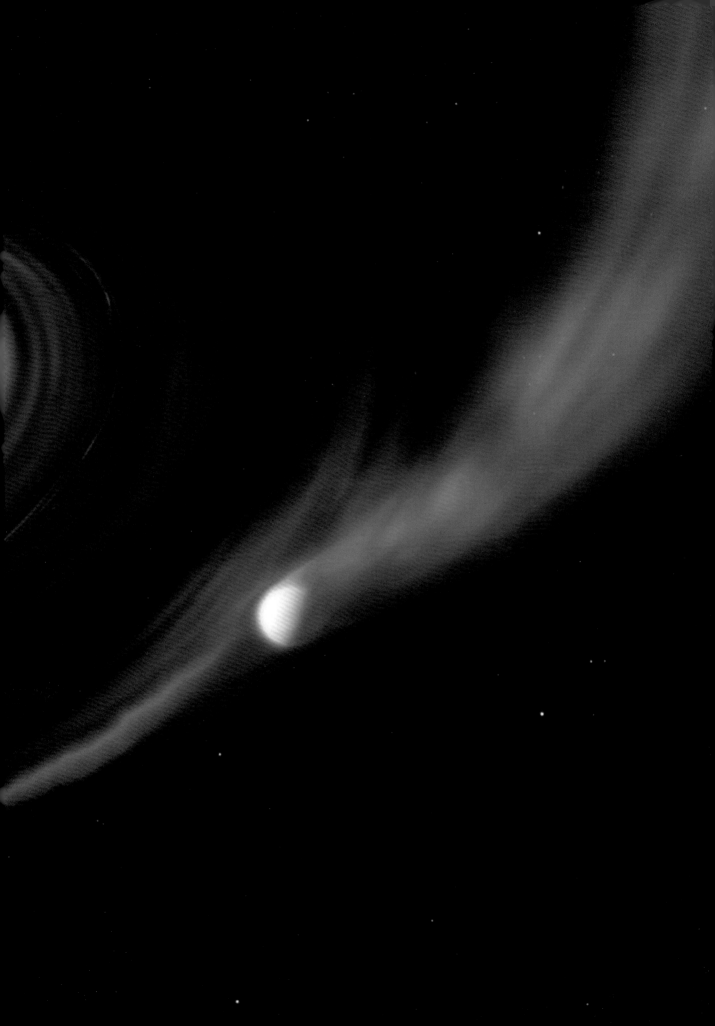

朝向地平线

阿米地奥·巴尔比

说实话，谁不想成为《星际迷航》的进群号船员去探索"奇异新世界"呢？要是能像柯克和他的冒险伙伴们一样在宇宙中随意移动，刹那间就能从一个星系跳转到另一个星系，并轻而易举地就能发现未知行星，那就太好了。出生在一个星际旅行只是科幻影视题材的时代真是可惜。

然而，还是要看到积极的一面，我们是第一批证明了有行星围绕其他恒星运行的人。就在 30 年前，我们甚至连其中的一颗都找不到，而正当我写下这几行字的时候，经确认的系外行星数量就已超过了 4000 颗，而且在不久的将来，利用我们现有的或在未来几年内投入使用的新仪器和新卫星，我们还将发现更多颗系外行星。当《星际迷航》的原初系列在 20 世纪 60 年代问世时，我们不但不知道是否有其他行星系存在，而且就连对我们自己星系中的行星也知之甚少。事实上，我们当时几乎就没有把鼻子伸到过地球之外的地方。在接下来的十几年里，我们的自动探测器开始对太阳系进行更详尽的探索，从其他星球的近处向我们展示了很多风姿各异的地方。不仅是行星，还有足以与行星媲美的卫星。

我们（仍还）没有进取号飞船，但我们有能让我们探测到光年以外行星系的仪器和望远镜。而且我们看到了，在那外面真的有无数的"奇异新世界"，与我们在太阳系中能够观测到的那些是如此不同，以至于要重新思考很多我们以为自己已经知晓的东西。我们看过了大行星和小行星，岩石行星和类木行星，冰行星或热行星，运行时所围绕的恒星不是太阳的行星，甚至围绕双星运行的行星，还有不绕任何恒星运行的流浪行星。以此得出的结论就是，我们银河系中的每颗恒星都可能有至少一颗行星绕其运行。这意味着，仅在银河系中就有上千亿甚至上万亿个不同的世界。即使是进取号也不可能去到所有的这些地方。

但在未来几年，我们将尽力更好地了解那些离我们最近的外星世界是什么样的。从那些至少在某些方面看起来与地球最相似的地方开始，那些在温暖地带绕主恒星运行的、可能具备拥有液态水海洋的条件的岩石质世界。我们将尽力去寻找大气存在的痕迹，并寻找其构成成分的线索。这将是一个循序渐进的过程，至少会让我们忙活二三十年，而且还要将各种方法、工具和技术相结合。我们不可能在一夜之间就找到地球的孪生兄弟，但我们可以慢慢地大致了解宜居星球在宇宙中到底有多普遍，看一看它们与我们所生活的世界到底有多相似。

当然，不一定是为了去那里定居。人类如果有一天要离开它的摇篮，那也将继续在太阳系里生活，至少最初应该是这样。宇宙太大，无法像科幻电影向我们展示的那样进行殖民，尤其目前更不可能。也许我们的子孙后代会在多个世纪后——如果人类没有灭绝的话——成功做到这一点。但同时，从远处探索那些"奇异新世界"也将使我们意识到，我们碰巧所出生的这颗星球是多么珍贵，又多么独一无二。

阿米地奥·巴尔比

　　天文物理学家，罗马第二大学副教授。研究兴趣广泛，从宇宙学到地外生命探索均有涉猎。出版科学著作逾百部（篇），是国际天文学联合会、基础问题研究所、国际宇航科学院 SETI 常务委员会与意大利天体生物学学会科学委员会等多家机构成员。在科普方面，多年来为意大利《科学》月刊撰写专栏，参与过相关广播和电视节目制作，在包括意大利《共和报》和《邮报》在内的多家报纸和期刊上发表过文章。出版多部书籍，其科普哲理漫画《宇宙连环画》（Codice 出版社，2013 年）被翻译成四种语言。2015 年，凭借作品《寻找奇迹的人》（Rizzoli 出版社，2014 年）获意大利国家科普奖。最近一部作品为《最后的地平线》（UTET 出版社，2019 年）。

作者介绍

詹卢卡·兰齐尼

在少年时参观米兰天文馆后对天文学产生兴趣，毕业于天体物理学专业，论文涉及太阳系外行星。毕业后，他在该天文馆担任了几年的科学主管。随后，他转行从事科学新闻工作，加入《焦点》月刊的编辑部，现在是该杂志的副主编。他已经出版了十几本普及读物，包括与玛格丽塔·哈克合作的《一切始于恒星》和《令人生畏的恒星》以及最近的《为什么他们说地球是平的》，后者的内容涉及地平说和科学方面的假新闻现象。但他并没有忘记行星的世界。2009 年，他创立了意大利行星协会，自 2012 年起担任该协会主席。

达维德·塞纳德利

生于 1969 年，他在小时候的一个冬日傍晚拿着星图站在阳台上试图辨别猎户座，从此便迷恋上了天文学。当时他确信自己永远不会找到那个星座，结果马上便看到了它，从那个夜晚开始他就没有停止过对天空的观察。他毕业于物理学专业，并攻读了天文学史专业的博士学位。他目前在瓦莱达奥斯塔大区天文台工作，致力于科学研究和教育科普工作，特别是系外行星领域。他在国际期刊上独自或与人合作发表过许多科学类文章，出版过数本天文学书籍，并同杂志、百科全书和教科书进行合作。他还与米兰天文馆合作，并担任国家地理系列《宇宙地图集》的科学校对员。除此之外，他还是都灵基金会和都灵储蓄银行合作开展的 Diderot 项目中恒星天体物理学教学工作的负责人。他喜欢一切五彩缤纷的东西，不仅是行星、恒星和星云，还有现代绘画、秋天和风景摄影。

出品人：许 永
出版统筹：海 云
责任编辑：王庆芳
　　　　　方楚君
　　　　　杨言妮
责任技编：吴彦斌
　　　　　周星奎
特约编审：单蕾蕾
特邀编辑：杜天梦
封面设计：张传营
内文制作：万 雪
印制总监：蒋 波
发行总监：田峰峥

发　　行：北京创美汇品图书有限公司
发行热线：010-59799930
投稿信箱：cmsdbj@163.com

官方微博

微信公众号

小美读书会
公众号

小美读书会
读者群